अकबर-बीरबल के किस्से

अकबर-बीरबल के किस्से

महेश दत्त शर्मा

प्रतिभा प्रतिष्ठान, नई दिल्ली

प्रकाशक : प्रतिभा प्रतिष्ठान,
694–बी (निकट अजय मार्केट), चावड़ी बाजार, दिल्ली–110006
 / संस्करण : 2025 / पेपरबैक मूल्य : तीन सौ पचास रुपए
मुद्रक : आर–टेक ऑफसेट प्रिंटर्स, दिल्ली ISBN 978-81-19032-05-1

AKBAR-BEERBAL KE KISSE

by Shri Mahesh Dutt Sharma ₹ 350.00 (PB)

Published by **PRATIBHA PRATISHTHAN**

694-B (Near Ajay Market), Chawri Bazar, Delhi-110006

पुस्तक-परिचय

बीरबल अकबर के नौ रत्नों में से एक बड़े मजाकिया, चतुर, बुद्धिमान, कवि और लेखक थे और समय-समय पर अकबर को बहुमूल्य सलाह देते थे। साथ ही वे उच्च कोटि के प्रशासक और तलवार के धनी भी थे।

वैसे तो वे बीरबल नाम से प्रसिद्ध थे, परंतु उनका असली नाम महेश दास था। अकबर और उनकी पहली भेंट की भी कहानी बड़ी मजेदार है।

अकबर को शिकार का बहुत शौक था। एक बार वे शिकार के लिए निकले, घोड़े पर सरपट दौड़ते हुए उन्हें पता ही नहीं चला और केवल कुछ सिपाहियों को छोड़कर बाकी सेना पीछे रह गई। शाम घिर आई थी, सभी भूखे-प्यासे थे और समझ गए थे कि वे रास्ता भटक गए हैं। राजा को समझ नहीं आ रहा था कि किस तरफ जाएँ।

कुछ दूर जाने पर उन्हें एक तिराहा नजर आया। लेकिन जाएँ तो जाएँ किस तरफ। राजा उलझन में थे। तभी उन्होंने देखा कि एक लड़का सड़क किनारे खड़ा है। सैनिकों ने उसे पकड़कर राजा के सामने पेश किया। राजा ने कड़कती आवाज में पूछा, "ऐ लड़के, आगरा के लिए कौन सी सड़क जाती है ?"

लड़का मुसकराया और बोला, "जनाब, ये सड़क चल नहीं सकती तो ये आगरा कैसे जाएगी। जाना तो आपको ही पड़ेगा," और यह कहकर वह खिलखिलाकर हँस पड़ा। फिर बोला, "जनाब, लोग चलते हैं, रास्ते नहीं।"

राजा मुसकराए और बोले, "तुम ठीक कह रहे हो। तुम्हारा नाम क्या है ?" अकबर ने पूछा।

"मेरा नाम महेश दास है महाराज," लड़के ने उत्तर दिया, "और आप कौन हैं ?"

अकबर ने अपनी अँगूठी निकालकर महेश दास को देते हुए कहा, "तुम महाराजा अकबर—हिंदुस्तान के सम्राट् से बात कर रहे हो, मुझे निडर लोग पसंद

हैं। तुम मेरे दरबार में आना और मुझे ये अँगूठी दिखाना। मैं तुम्हें पहचान लूँगा। अब तुम मुझे बताओ कि मैं किस रास्ते पर चलूँ, ताकि मैं आगरा पहुँच जाऊँ?"

महेश दास ने सिर झुकाकर आगरा का रास्ता बताया और जाते हुए हिंदुस्तान के सम्राट् को देखता रहा।

इस तरह अकबर भविष्य के बीरबल से मिले।

कुछ समय बाद महेश दास अकबर के महल की ओर रवाना हुए। महल के बाहर लंबी लाइन लगी हुई थी और दरबान हर व्यक्ति से कुछ-न-कुछ लेकर ही उन्हें अंदर जाने दे रहा था।

जब महेश दास का नंबर आया तो उसने कहा कि महाराज ने मुझे इनाम देने के लिए बुलाया है और उसने अँगूठी दिखाई। दरबान के मन में लालच आ गया। उसने कहा, "मैं तुम्हें एक ही शर्त पर अंदर जाने दूँगा, अगर तुम मुझे इनाम में से आधा हिस्सा दो।"

महेश दास कुछ सोचकर महल में चले गए। दरबार में वे अपना नंबर आने का इंतजार करने लगे। बारी आई और वो सामने आए। शहंशाह अकबर उन्हें देखते ही पहचान गए और दरबारियों के सामने उनकी बहुत तारीफ की। बादशाह ने कहा कि बोलो महेश दास, इनाम में क्या चाहिए?

महेश दास ने पूछा, "महाराज, मैं जो कुछ भी माँगूगा, क्या आप मुझे इनाम में देंगे?"

बादशाह अकबर ने कहा, "बिल्कुल, माँगो क्या माँगते हो।" तब महेश दास ने कहा, "महाराज, मुझे पीठ पर 100 कोड़े मारने का इनाम दें।"

महेश दास की बात सुनकर सभी को हैरानी हुई और बादशाह अकबर ने पूछा कि तुम ऐसा क्यों चाहते हो?

तब महेश दास ने दरबान के साथ हुई पूरी घटना बताई और अंत में कहा कि मैंने वादा किया है कि इनाम का आधा हिस्सा मैं दरबान को दूँगा।

तब अकबर ने गुस्से में आकर दरबान को 100 कोड़े लगवाए और महेश दास की होशियारी देखकर उसे अपने दरबार में मुख्य सलाहकार के रूप में रख लिया। इसके बाद अकबर ने उनका नाम बदलकर महेश दास से बीरबल कर दिया। तब से लेकर आज तक अकबर और बीरबल के कई किस्से मशहूर हुए। आप तैयार हैं मजेदार किस्से पढ़ने के लिए?

अनुक्रम

कल, आज और कल

एक दिन बादशाह अकबर ने ऐलान किया कि जो भी मेरे सवालों का सही जवाब देगा, उसे भारी इनाम दिया जाएगा। सवाल कुछ इस प्रकार से थे—

1. ऐसा क्या है जो आज भी है और कल भी रहेगा?
2. ऐसा क्या है जो आज भी नहीं है और कल भी नहीं होगा?
3. ऐसा क्या है जो आज तो है, लेकिन कल नहीं होगा?

इन तीनों सवालों के उदाहरण भी देने थे।

किसी को भी चतुराई भरे इन तीनों सवालों का जवाब नहीं सूझ रहा था। तभी बीरबल बोला, "हुजूर! आपके सवालों का जवाब मैं दे सकता हूँ, लेकिन इसके लिए आपको मेरे साथ शहर का दौरा करना होगा। तभी आपके सवाल सही ढंग से हल हो पाएँगे।"

अकबर और बीरबल ने वेश बदला और सूफियों का बाना पहनकर निकल पड़े। कुछ ही देर बाद वे बाजार में खड़े थे। फिर दोनों एक दुकान में घुस गए। बीरबल ने दुकानदार से कहा, "हमें बच्चों की पढ़ाई के लिए मदरसा बनाना है, तुम हमें इसके लिए हजार रुपए दे दो।" जब दुकानदार ने अपने मुनीम से कहा कि इन्हें एक हजार रुपए दे दो तो बीरबल बोला, "जब मैं तुमसे रुपए ले रहा हूँगा तो तुम्हारे सिर पर जूता मारूँगा। हर एक रुपए के पीछे एक जूता पड़ेगा। बोलो, तैयार हो?"

यह सुनते ही दुकानदार के नौकर का पारा चढ़ गया और वह बीरबल से दो-दो हाथ करने आगे बढ़ आया। लेकिन दुकानदार ने नौकर को शांत करते हुए

कहा, "मैं तैयार हूँ, लेकिन मेरी एक शर्त है। मुझे विश्वास दिलाना होगा कि मेरा पैसा इसी नेक काम पर खर्च होगा।"

ऐसा कहते हुए दुकानदार ने सिर झुका दिया और बीरबल से बोला कि जूता मारना शुरू करें। तब बीरबल व अकबर बिना कुछ कहे-सुने दुकान से बाहर निकल आए।

दोनों चुपचाप चले जा रहे थे कि तभी बीरबल ने मौन तोड़ा, "बंदापरवर! दुकान में जो कुछ हुआ, उसका मतलब है कि दुकानदार के पास आज पैसा है और उस पैसे को नेक कामों में लगाने की नीयत भी, जो उसे आनेवाले कल (भविष्य) में नाम देगी। इसका एक मतलब यह भी है कि अपने नेक कामों से वह जन्नत में अपनी जगह पक्की कर लेगा। आप इसे यों भी कह सकते हैं कि जो कुछ उसके पास आज है, कल भी उसके साथ होगा। यह आपके पहले सवाल का जवाब है।"

फिर वे चलते हुए एक भिखारी के पास पहुँचे। उन्होंने देखा कि एक आदमी उसे कुछ खाने को दे रहा है और वह खाने का सामान उस भिखारी की जरूरत से कहीं ज्यादा है। तब बीरबल उस भिखारी से बोला, "हम भूखे हैं, कुछ हमें भी दे दो खाने को।"

यह सुनकर भिखारी बरस पड़ा, "भागो यहाँ से। जाने कहाँ से आ जाते हैं माँगने।"

तब बीरबल बादशाह से बोला, "यह रहा हुजूर आपके दूसरे सवाल का जवाब। यह भिखारी ईश्वर को खुश करना नहीं जानता। इसका मतलब यह है कि जो कुछ इसके पास आज है, वो कल नहीं होगा।"

दोनों फिर आगे बढ़ गए। उन्होंने देखा कि एक तपस्वी पेड़ के नीचे तपस्या कर रहा है। बीरबल ने पास जाकर उसके सामने कुछ पैसे रखे। तब वह तपस्वी बोला, "इसे हटाओ यहाँ से। मेरे लिए यह बेईमानी से पाया गया पैसा है। ऐसा पैसा मुझे नहीं चाहिए।"

अब बीरबल बोला, "हुजूर! इसका मतलब यह हुआ कि अभी तो नहीं है, लेकिन बाद में हो सकता है। आज यह तपस्वी सभी सुखों को नकार रहा है। लेकिन कल यही सब सुख इसके पास होंगे।"

"और हुजूर! चौथी मिसाल आप खुद हैं। पिछले जन्म में आपने शुभ कर्म

किए थे, जो यह जीवन आप शानो-शौकत के साथ बिता रहे हैं, किसी चीज की कोई कमी नहीं। यदि आपने इसी तरह ईमानदारी और न्यायप्रियता से राज करना जारी रखा तो कोई कारण नहीं कि यह सबकुछ कल भी आपके पास न हो। लेकिन यह न भूलें कि यदि आप राह भटक गए तो कुछ साथ नहीं रहेगा।"

अपने सवालों के बुद्धिमत्तापूर्ण जवाब सुनकर बादशाह अकबर बेहद खुश हुए।

□

किसका नौकर कौन

जब कभी दरबार में अकबर और बीरबल अकेले होते थे तो किसी-न-किसी बात पर बहस छिड़ जाती थी। एक दिन बादशाह अकबर बैंगन की सब्जी की खूब तारीफ कर रहे थे।

बीरबल भी बादशाह की हाँ-में-हाँ मिला रहे थे। इतना ही नहीं, वे अपनी तरफ से भी दो-चार वाक्य बैंगन की तारीफ में कह देते थे।

अचानक बादशाह अकबर के दिल में आया कि देखें, बीरबल अपनी बात को कहाँ तक निभाते हैं। यह सोचकर बादशाह बीरबल के सामने बैंगन की बुराई करने लगे। बीरबल भी उनकी हाँ-में-हाँ मिलाने लगे कि बैंगन खाने से शारीरिक बीमारियाँ हो जाती हैं इत्यादि।

बीरबल की बात सुनकर बादशाह अकबर हैरान हो गए और बोले, "बीरबल! तुम्हारी इस बात का यकीन नहीं किया जा सकता। कभी तुम बैंगन की तारीफ करते हो और कभी बुराई करते हो। जब हमने इसकी तारीफ की तो तुमने भी इसकी तारीफ की और जब हमने इसकी बुराई की तो तुमने भी इसकी बुराई की, आखिर ऐसा क्यों?"

बीरबल ने नरम लहजे में कहा, "बादशाह सलामत! मैं तो आपका नौकर हूँ बैंगन का नौकर नहीं।"

□

मुरगी पहले आई या अंडा?

एक दिन की बात है, बादशाह अकबर की राजसभा में एक ज्ञानी पंडित आया हुआ था। वह कुछ सवालों के जवाब बादशाह से जानना चाहता था, लेकिन बादशाह के लिए उसके सवालों का जवाब देना मुश्किल हो गया। इसलिए, उन्होंने पंडित के सवालों के जवाब देने के लिए बीरबल को आगे कर दिया। बीरबल की चतुराई से सभी वाकिफ थे और सभी को उम्मीद थी कि बीरबल पंडित के हर सवाल का जवाब आसानी से दे सकते हैं।

पंडित ने बीरबल से कहा, "मैं तुम्हें दो विकल्प देता हूँ। एक, या तो तुम मुझे मेरे 100 आसान से सवाल के जवाब दो या फिर मेरे एक मुश्किल सवाल का जवाब दो।" बीरबल ने सोच-विचार करने के बाद कहा कि मैं आपके एक मुश्किल सवाल का जवाब देना चाहता हूँ।

फिर पंडित ने बीरबल से पूछा, "तो बताओ, मुरगी पहले आई या अंडा?" बीरबल ने तुरंत पंडित को जवाब दिया कि मुरगी पहले आई। फिर पंडित ने उनसे पूछा कि तुम इतनी आसानी से कैसे बोल सकते हो कि मुरगी पहले आई? इस पर बीरबल ने पंडित से कहा कि यह आपका दूसरा सवाल है और मुझे आपके एक सवाल का ही जवाब देना था।

ऐसे में पंडित, बीरबल के सामने कुछ बोल नहीं पाया और बिना बोले ही दरबार से चला गया। बीरबल की चतुराई और अक्लमंदी को देखकर अकबर हमेशा की तरह ही इस बार भी बहुत खुश हुए। इससे बीरबल ने साबित कर दिया कि बादशाह अकबर के दरबार में सलाहकार के रूप में बीरबल का रहना कितना जरूरी है। □

बादशाह का गुस्सा

बादशाह अकबर अपनी बेगम से किसी बात पर नाराज हो गए। नाराजगी इतनी बढ़ गई कि उन्होंने बेगम को मायके जाने को कह दिया। बेगम ने सोचा कि शायद बादशाह ने गुस्से में ऐसा कहा है, इसलिए वह मायके नहीं गईं। जब बादशाह ने देखा कि बेगम अभी तक मायके नहीं गई हैं तो उन्होंने गुस्से में कहा, "तुम अभी तक यहीं हो, गई नहीं, सुबह होते ही अपने मायके चली जाना वरना अच्छा न होगा। तुम चाहो तो अपनी मनपसंद चीज साथ ले जा सकती हो।"

बेगम सिसककर जनानाखाने में चली गईं। वहाँ जाकर उन्होंने बीरबल को बुलाया। बीरबल बेगम के सामने पेश हो गया। बेगम ने बादशाह की नाराजगी के बारे में बताया और उनके हुक्म को भी बता दिया।

"बेगम साहिबा! अगर बादशाह ने हुक्म दिया है तो जाना ही पड़ेगा, और अपनी मनपसंद चीज ले जाने की बाबत जैसा मैं कहता हूँ वैसा ही करें, बादशाह की नाराजगी भी दूर हो जाएगी।"

बेगम ने बीरबल से कहे अनुसार बादशाह को रात में नींद की दवा दे दी और उन्हें नींद में ही पालकी में डालकर अपने साथ मायके ले आईं और एक सुसज्जित शयनकक्ष में सुला दिया। जब बादशाह की नींद खुली तो स्वयं को अनजाने स्थान पर पाकर हैरान हो गए, पुकारा, "कोई है ?"

उनकी बेगम साहिबा उपस्थित हुईं। बेगम को वहाँ देखकर वे समझ गए कि वे अपनी ससुराल में हैं। उन्होंने गुस्से से पूछा, "तुम हमें भी यहाँ ले आई, इतनी बड़ी गुस्ताखी कर डाली⋯।"

“मेरे सरताज, आपने ही तो कहा था कि अपनी मनपसंद चीज ले जाना, इसलिए आपको ले आई।”

यह सुनकर बादशाह का गुस्सा जाता रहा, मुसकराकर बोले, “जरूर तुम्हें यह तरकीब बीरबल ने ही बताई होगी।”

बेगम ने हामी भरते हुए सिर हिला दिया।

□

असली माँ

एक बार शहंशाह अकबर के दरबार में बहुत ही अजीब मुकदमा आया, जिसने सभी को सोचने पर मजबूर कर दिया।

हुआ यों कि बादशाह अकबर के दरबार में दो महिलाएँ रोती हुई पहुँचीं। उनके साथ लगभग 2 या 3 साल का सुंदर सा बच्चा भी था। दोनों महिलाएँ लगातार रो रही थीं और साथ ही दावा कर रही थीं कि बच्चा उनका है। अब समस्या ये थी कि दोनों शहर के बाहर रहती थीं, जिस कारण उन्हें कोई नहीं जानता था। इसलिए यह बताना मुश्किल था कि उस नन्हे से बच्चे की असली माँ कौन है।

अब बादशाह अकबर के सामने मुसीबत आ गई कि न्याय कैसे करें और बच्चा किसको दें? इस बारे में उन्होंने एक-एक करके सभी दरबारियों की राय ली, लेकिन कोई भी इस गुत्थी को नहीं सुलझा सका और तभी बीरबल दरबार में पहुँच गए।

बीरबल को देखकर बादशाह अकबर की आँखों में मानो चमक आ गई हो। बीरबल के आते ही अकबर ने इस समस्या के बारे में उन्हें बताया। अकबर ने बीरबल से कहा कि अब तुम ही इस समस्या का समाधान करो। बीरबल कुछ सोचते रहे और फिर जल्लाद को बुलाने के लिए कहा।

जल्लाद के आते ही बीरबल ने बच्चे को एक जगह बैठा दिया और कहा, "एक काम करते हैं, इस बच्चे के दो टुकड़े कर देते हैं। एक-एक टुकड़ा दोनों माँओं को दे देंगे। अगर इन दोनों महिलाओं में से किसी एक को यह बात मंजूर नहीं है, तो जल्लाद उस महिला के दो टुकड़े कर देगा।"

यह बात सुनते ही उनमें से एक महिला बच्चे के टुकड़े करने की बात मान गई और बोली कि उसे आदेश मंजूर है। वह बच्चे के टुकड़े को लेकर चली जाएगी, लेकिन दूसरी महिला बिलख-बिलखकर रोने लगी और बोलने लगी, "मुझे बच्चा नहीं चाहिए। मेरे दो टुकड़े कर दो, लेकिन बच्चे को मत काटो। यह बच्चा दूसरी महिला को दे दो।"

यह देखकर सभी दरबारी मानने लगे कि जो महिला डर की वजह से रो रही है, वही दोषी है; लेकिन तभी बीरबल ने कहा कि जो महिला बच्चे के टुकड़े करने के लिए तैयार है, उसे कैद कर लो, वही मुजरिम है। इस बात को सुनकर वह महिला रोने लगी और माँफी माँगने लगी, लेकिन बादशाह अकबर ने उसे जेल में डलवा दिया।

बाद में अकबर ने बीरबल से पूछा कि तुमको कैसे पता चला कि असली माँ कौन है? तब बीरबल ने मुसकराते हुए कहा, "महाराज! माँ सारी मुसीबतों को अपने सिर पर ले लेती है, लेकिन बच्चे पर आँच भी नहीं आने देती और यही हुआ। इससे पता चल गया कि असली माँ वह है, जो खुद के टुकड़े करवाने के लिए तैयार है, लेकिन बच्चे के नहीं।"

बीरबल की बात सुनकर बादशाह अकबर एक बार फिर बीरबल की बुद्धि के कायल हो गए।

□

अंधे या देखनेवाले

एक बार की बात है। अकबर और बीरबल किसी बात पर चर्चा कर रहे थे। तभी एक क्षण ऐसा आया, जब राजा अकबर ने कहा, "बीरबल, दुनिया में हर 100 आदमी के पीछे एक अंधा व्यक्ति होता है।" राजा की यह बात सुनकर बीरबल ने उनकी इस बात पर असहमति जताते हुए कहा, "महाराज, मेरे हिसाब से आपका आकलन कुछ गलत प्रतीत होता है। सही मायने में तो दुनिया में अंधों की संख्या देखनेवालों के मुकाबले काफी अधिक है।"

बीरबल का यह जवाब सुनकर राजा अकबर को काफी आश्चर्य हुआ, उन्होंने कहा, "जब हम अपने चारों ओर देखते हैं, तो देखनेवाले लोगों की संख्या अंधों से अधिक ही मालूम होती है। ऐसे में अंधों की संख्या देखनेवालों के मुकाबले अधिक कैसे हो सकती है?"

राजा अकबर की इस बात को सुनकर बीरबल कहते हैं, "महाराज, किसी दिन मैं आपको यह बात प्रमाण के साथ साबित करके जरूर दिखाऊँगा कि दुनिया में अंधों की संख्या देखनेवालों से अधिक है।" बीरबल के जवाब पर राजा अकबर कहते हैं, "ठीक है, प्रमाण के साथ इस बात को अगर तुम साबित कर पाओगे, तो मैं भी इस बात को जरूर स्वीकार करूँगा।" उस दिन यह बात यहीं रुक जाती है।

करीब दो दिन बीतने के बाद राजा अकबर इस बात को पूरी तरह से भूल जाते हैं। मगर बीरबल अपनी बात को प्रमाणित करने के लिए युक्ति सोचने में जुटे रहते हैं। करीब चार दिन बीतने के बाद बीरबल को एक योजना सूझती है और वे दो मुनीमों को लेकर उनके साथ बाजार की ओर चल देते हैं।

बीच बाजार पहुँचने के बाद बीरबल सिपाहियों से एक चारपाई की चौखट वहाँ मँगाते हैं और उसे बुनने के लिए रस्सी भी मँगवाते हैं। अब बीरबल अपने साथ लाए दोनों मुनीमों को आदेश देते हैं कि वे उनके दाएँ और बाएँ कुरसी डालकर बैठ जाएँ। साथ ही इस बात का ध्यान रखें कि दाएँ बैठनेवाले मुनीम उनके राज्य में मौजूद अंधों की सूची तैयार करेंगे और बाएँ बैठनेवाले मुनीम देखनेवालों की सूची।

बीरबल का आदेश मानते हुए दोनों मुनीम अपना काम करने के लिए कमर कस लेते हैं और बीरबल चारपाई बुनने का काम शुरू कर देते हैं। बीरबल को बीच बाजार चारपाई बुनते देख धीरे-धीरे वहाँ लोगों की भीड़ जमा होने लगती है। उस भीड़ में से एक आदमी अपने आप को रोक नहीं पाता है और वह बीरबल से पूछ लेता है, "आप ये क्या कर रहे हैं?"

बीरबल इस सवाल का कोई जवाब नहीं देते और अपने दाएँ बैठे मुनीम को इशारा करते हैं कि वह अपनी सूची में इस आदमी का नाम लिख लें। जैसे-जैसे समय बीतता जा रहा था, आनेवालों की संख्या बढ़ती जा रही थी और आनेवाले सभी लोग अपनी उत्सुकता को शांत करने के लिए बीरबल से यही पूछ रहे थे कि वे यहाँ क्या कर रहे हैं? इसी के साथ बीरबल अपने दाएँ मुनीम को इशारा देकर यह सवाल पूछनेवालों का नाम अंधों की लिस्ट में डलवाते जा रहे थे।

तभी अचानक वहाँ एक आदमी आता है, जो बीरबल से पूछता है कि इतनी धूप में बैठकर आप चारपाई क्यों बुन रहे हैं? तब भी बीरबल कुछ नहीं बोलते हैं और बाएँ बैठे मुनीम को यह सवाल पूछनेवाले का नाम देखनेवालों की सूची में लिखने का इशारा देते हैं। यह सिलसिला ऐसे ही चलता रहता है और धीरे-धीरे पूरा दिन निकल जाता है।

तभी इस बात की जानकारी राजा अकबर को होती है और वे भी माजरा समझने के लिए बाजार पहुँच जाते हैं, जहाँ बीरबल चारपाई बुनने का काम कर रहा था। राजा भी बीरबल से यह सब करने के पीछे की वजह जानना चाहते हैं। इसलिए वह बीरबल से सवाल करते हैं कि बीरबल, यह तुम क्या कर रहे हो?

राजा का सवाल सुनते ही बीरबल अपने दाएँ बैठे मुनीम को आदेश देते हैं कि अपनी अंधों की लिस्ट में महाराज अकबर का नाम भी शामिल कर दो।

बीरबल की यह बात सुनकर राजा अकबर को थोड़ा गुस्सा आया और आश्चर्य भी हुआ।

राजा अकबर ने कहा, "बीरबल, मेरी आँखें पूरी तरह से ठीक हैं और मैं सबकुछ अच्छी तरह देख सकता हूँ। फिर क्यों तुम मेरा नाम अंधों की सूची में चढ़वा रहे हो?"

राजा अकबर के इस सवाल का जवाब बीरबल मुसकराते हुए देते हैं, "महाराज, आप देख सकते हैं कि मैं चारपाई बुन रहा हूँ। फिर भी आपने सवाल किया कि मैं क्या कर रहा हूँ? अब महाराज, ऐसा सवाल तो एक अंधा व्यक्ति ही पूछ सकता है।"

बीरबल का यह उत्तर सुन राजा अकबर को समझ में आ गया कि वह कुछ दिन पहले की गई बात को प्रमाणित करने के लिए यह सब कर रहा है। यह बात समझ में आते ही राजा अकबर भी मुसकराते हैं और पूछते हैं, "बीरबल, तो फिर बताओ कि तुमने अपने इस प्रयास से क्या पता लगाया? बताओ, देखनेवालों की संख्या अधिक है या अंधों की?"

राजा के सवाल पर बीरबल जवाब देते हैं, "महाराज, मैंने जो कहा था, वही बात सच निकली कि दुनिया में देखनेवालों के मुकाबले अंधों की संख्या ज्यादा है। मेरे द्वारा तैयार की गई दोनों सूची का मिलान करने से आप भी इस बात को अच्छी तरह से समझ सकते हैं।"

बीरबल का उत्तर सुनकर राजा अकबर जोर से हँसते हैं और कहते हैं, "बीरबल, तुम अपनी बात को साबित करने के लिए कुछ भी कर सकते हो।"

□

पंडितजी

शाम ढलने को थी। सभी आगंतुक धीरे-धीरे अपने घरों को लौटने लगे थे। तभी बीरबल ने देखा कि एक मोटा सा आदमी शरमाता हुआ चुपचाप एक कोने में खड़ा है। बीरबल उसके निकट आता हुआ बोला, "लगता है, तुम कुछ कहना चाहते हो! बेहिचक कह डालो, जो कहना है! मुझे बताओ, तुम्हारी क्या समस्या है?"

वह मोटा व्यक्ति सकुचाता हुआ बोला, "मेरी समस्या यह है कि मैं पढ़ा-लिखा नहीं हूँ। मैंने अपनी शिक्षा पर ध्यान नहीं दिया, जिसका मुझे खेद है। मैं भी समाज में सिर उठाकर सम्मान से जीना चाहता हूँ। पर अब लगता है कि ऐसा कभी नहीं हो पाएगा।"

"नहीं, कोई देर नहीं हुई ऐसा जरूर होगा, यदि तुम हिम्मत न हारो और परिश्रम करो। तुममें भी योग्यता है।" बीरबल ने कहा।

"लेकिन ज्ञान पाने में तो सालों लग जाएँगे।" मोटे आदमी ने कहा, "मैं इतना इंतजार नहीं कर सकता। मैं तो यह जानना चाहता हूँ कि क्या कोई ऐसा तरीका है कि चुटकी बजाते ही प्रसिद्धि मिल जाए?"

"प्रसिद्धि पाने का ऐसा आसान रास्ता तो कोई नहीं है।"

बीरबल बोला, "यदि तुम वास्तव में योग्य और प्रसिद्ध कहलवाना चाहते हो, तो मेहनत तो करनी ही होगी, वह भी कुछ समय के लिए।"

यह सुनकर मोटा आदमी सोच में डूब गया। "नहीं, मुझमें इतना धैर्य नहीं है।" मोटे आदमी ने कहा, "मैं तो तुरंत ही प्रसिद्धि पाकर 'पंडितजी' कहलवाना चाहता हूँ।"

"ठीक है," बीरबल बोला, "इसके लिए तो एक ही उपाय है। कल तुम बाजार में जाकर खड़े हो जाना। मेरे भेजे आदमी वहाँ होंगे, जो तुम्हें पंडितजी कहकर पुकारेंगे। वे बार-बार जोर-जोर से ऐसा कहेंगे। इससे दूसरे लोगों का ध्यान इस ओर जाएगा, वे भी तुम्हें पंडितजी कहना शुरू कर देंगे। ऐसा होना स्वाभाविक भी है। लेकिन हमारा नाटक तभी सफल होगा, जब तुम गुस्सा दिखाते हुए उन पर पत्थर फेंकने लगोगे या हाथ में लाठी लेकर उनको दौड़ाना होगा तुम्हें। लेकिन सतर्क रहना, गुस्से का सिर्फ दिखावा भर करना है तुम्हें। किसी को चोट नहीं पहुँचनी चाहिए।"

उस समय तो वह मोटा आदमी कुछ समझ नहीं पाया और घर लौट गया।

अगली सुबह वह मोटा आदमी बीरबल के कहेअनुसार व्यस्त बाजार में जाकर खड़ा हो गया। तभी बीरबल के भेजे आदमी वहाँ आ पहुँचे और तेज स्वर में कहने लगे, "पंडितजी…पंडितजी…पंडितजी…।"

मोटे आदमी ने यह सुन अपनी लाठी उठाई और भाग पड़ा उन आदमियों के पीछे। जैसे सच ही में पिटाई कर देगा। बीरबल के भेजे आदमी वहाँ से भाग निकले, लेकिन पंडितजी…पंडितजी…का राग अलापना उन्होंने नहीं छोड़ा। कुछ ही देर बाद आवारा लड़कों का वहाँ घूमता समूह 'पंडितजी…पंडितजी…' चिल्लाता हुआ उस मोटे आदमी के पास आ धमका।

बड़ा मजेदार दृश्य उपस्थित हो गया था। मोटा आदमी लोगों के पीछे दौड़ रहा था और लोग 'पंडितजी…पंडितजी…' कहते हुए नाच-गाकर चिल्ला रहे थे।

अब मोटा आदमी 'पंडितजी' के नाम से प्रसिद्ध हो गया। जब भी लोग उसे देखते तो 'पंडितजी' कहकर ही संबोधित करते। अपनी ओर से तो लोग यह कहकर उसका मजाक उड़ाते थे कि वह उन पर पत्थर फेंकेगा या लाठी लेकर उनके पीछे दौड़ेगा, लेकिन उन्हें क्या पता था कि मोटा तो चाहता ही यही था। वह प्रसिद्ध तो होने ही लगा था।

इसी तरह महीनों बीत गए।

मोटा आदमी भी थक चुका था। वह यह भी समझ गया था कि लोग उसे सम्मानवश पंडितजी नहीं कहते, बल्कि ऐसा कहकर तो वे उसका उपहास करते हैं। लोग जान गए थे कि पंडित कहने से उसे गुस्सा आ जाता है। वह सोचता था

कि शायद लोग मुझे पागल समझते हैं। यह सोचकर वह इतना परेशान हो गया कि फिर से बीरबल के पास जा पहुँचा।

वह बोला, "मैं मात्र 'पंडितजी' कहलाना नहीं चाहता। वैसे मुझे स्वयं को 'पंडित' कहलवाना पसंद है और कुछ समय तक यह सुनना मुझे अच्छा भी लगा। लेकिन अब मैं थक चुका हूँ। लोग मेरा सम्मान नहीं करते, वो तो मेरा मजाक उड़ाते हैं।"

मोटे आदमी को वास्तविकता का आभास होने लगा था।

मोटे आदमी को यह कहता देख बीरबल हँसता हुआ बोला, "मैंने तो तुमसे पहले ही कह दिया था कि तुम बहुत समय तक ऐसा नहीं कर पाओगे। लोग तुम्हें वह सब कैसे कह सकते हैं, जो तुम हो ही नहीं। क्या तुम उन्हें मूर्ख समझते हो? जाओ, अब कुछ समय किसी दूसरे शहर में जाकर बिताओ। जब लौटो तो उन लोगों को नजरअंदाज कर देना, जो तुम्हें 'पंडितजी' कहकर पुकारें। एक अच्छे, सभ्य व्यक्ति की तरह आचरण करना। शीघ्र ही लोग समझ जाएँगे कि 'पंडितजी' कहकर तुम्हारा उपहास करने में कुछ नहीं रखा और वे ऐसा कहना छोड़ देंगे।"

मोटे आदमी ने बीरबल के निर्देश पर अमल किया।

जब वह कुछ माह बाद दूसरे शहर से लौटकर आया तो लोगों ने उसे 'पंडितजी' कहकर परेशान करना चाहा, लेकिन उसने कोई ध्यान नहीं दिया। अब वह मोटा आदमी खुश था कि लोग उसे उसके असली नाम से जानने लगे हैं। वह समझ गया था कि प्रसिद्धि पाने की सरल राह कोई नहीं है।

□

जीत किसकी

बादशाह अकबर जंग में जाने की तैयारी कर रहे थे। फौज पूरी तरह तैयार थी। बादशाह भी अपने घोड़े पर सवार होकर आ गए। साथ में बीरबल भी था। बादशाह ने फौज को जंग के मैदान में कूच करने का निर्देश दिया।

बादशाह आगे-आगे थे, पीछे-पीछे उनकी विशाल फौज चली आ रही थी। रास्ते में बादशाह को जिज्ञासा हुई और उन्होंने बीरबल से पूछा, "क्या तुम बता सकते हो कि जंग में जीत किसकी होगी?"

"हुजूर, इस सवाल का जवाब तो मैं जंग के मैदान में पहुँचने के बाद ही दूँगा।" बीरबल ने कहा।

कुछ देर बाद फौज जंग के मैदान में पहुँच गई। वहाँ पहुँचकर बीरबल ने कहा, "हुजूर, अब मैं आपके सवाल का जवाब देता हूँ और जवाब यह है कि जीत आपकी ही होगी।"

"यह तुम अभी कैसे कह सकते हो, जबकि दुश्मन की फौज भी बहुत विशाल है।" बादशाह ने शंका जाहिर की।

"हुजूर, दुश्मन हाथी पर सवार हैं और हाथी तो सूँड़ से मिट्टी अपने ऊपर ही फेंकता है तथा अपनी ही मस्ती में रहता है, जबकि आप घोड़े पर सवार हैं और घोड़ों को तो गाजी मर्द कहा जाता है। घोड़ा आपको कभी धोखा नहीं देगा।" बीरबल ने कहा।

उस जंग में जीत बादशाह अकबर की ही हुई।

□

एक जैसी सबकी सोच

एक बार राजा अकबर अपने दरबार में किसी खास विषय पर चर्चा कर रहे थे। उस विषय पर उन्होंने राजदरबार में मौजूद सभी लोगों से उनकी राय माँगी। ऐसे में दरबार में उपस्थित सभी मंत्रीगणों ने अपनी-अपनी बुद्धि के हिसाब से जवाब दिया। राजा यह देखकर बहुत हैरान हुए कि सभी का जवाब एक-दूसरे से बिल्कुल अलग था। इस पर राजा अकबर ने बीरबल से ऐसा होने के पीछे की वजह पूछी और सवाल किया, "आखिर सबकी सोच एक जैसी क्यों नहीं होती?"

राजा के सवाल पर बीरबल मुसकराया और कहा, "महाराज, बेशक लोगों की सोच एक-दूसरे से कई मामलों में अलग होती है, मगर कुछ खास विषयों पर सबकी सोच एक जैसी ही होती है।" बीरबल की इस बात के साथ दरबार की काररवाई समाप्त हो जाती है और सभी अपना-अपना काम करने के लिए चले जाते हैं।

उसी शाम राजा अकबर बीरबल के साथ अपने बाग में टहलने जाते हैं, तब वे दोबारा वही सवाल दोहराते हैं, "बीरबल, मैंने तुमसे पूछा था कि सबकी सोच एक जैसी क्यों नहीं होती? इस सवाल का जवाब दो मुझे!" इसी के साथ एक बार फिर अकबर और बीरबल के बीच इस मुद्दे को लेकर बहस छिड़ जाती है। जब लाख कोशिशों के बावजूद राजा अकबर को बीरबल की बात नहीं समझ आती, तो वह अपनी बात को समझाने के लिए एक युक्ति निकालता है।

बीरबल कहता है, "महाराज, मैं आपको साबित कर दूँगा कि कुछ मामलों

में सबकी सोच एक जैसी ही होती है। बस आप एक फरमान जारी कर दीजिए। फरमान यह होगा कि आनेवाली अमावस्या की रात को सभी अपने-अपने घर से एक लोटा दूध लाकर आपके बाग में बने सूखे कुएँ में डालेंगे और इस फरमान को न माननेवाले को सख्त-से-सख्त सजा दी जाएगी।"

वैसे तो राजा अकबर को बीरबल की यह बात मूर्खता वाली लगती है, लेकिन वे बीरबल के कहे अनुसार शाही फरमान जारी करवा देते हैं। राजा के आदेश से सिपाही पूरे राज्य में घूम-घूमकर इस फरमान के बारे में सभी को बताते हैं। राजा के इस फरमान को सुनते ही सभी में इस बात को लेकर चर्चा होने लगी कि सूखे कुएँ में दूध डालना एक मूर्खतापूर्ण कार्य है। फिर भी राजा का फरमान था, तो मानना सभी को था। सभी अमावस्या की रात का इंतजार करने लगे।

देखते-देखते अमावस्या की रात भी आ गई और सभी अपने-अपने घर से एक-एक भरा लोटा लेकर कुएँ के पास जमा हो जाते हैं। बारी-बारी से सभी कुएँ में लोटा पलटकर अपने-अपने घर की ओर चले जाते हैं। यह सारा नजारा राजा अकबर और बीरबल छिपकर देख रहे होते हैं।

जब सभी अपना लोटा कुएँ में पलटकर चले जाते हैं, तो बीरबल राजा अकबर को कुएँ के नजदीक ले जाते हैं और कहते हैं, "महाराज! देखिए, क्या आपके फरमान से कुआँ दूध से भर गया?" बीरबल की बात पर राजा अकबर कुएँ में झाँककर देखते हैं कि कुआँ ऊपर तक पानी से भरा हुआ है। यह देखकर उन्हें बहुत आश्चर्य होता है और वे नाराज भी होते हैं।

राजा अकबर बीरबल से कहते हैं, "मैंने तो कुएँ में दूध डालने का फरमान जारी किया था। फिर कुआँ दूध की जगह पानी से क्यों भर गया?" राजा के इस सवाल पर बीरबल मुसकराते हुए कहता है, "महाराज, कुएँ में दूध डालना सभी को व्यर्थ लगा, इसलिए सभी ने दूध की जगह कुएँ में पानी डाला। उन सभी ने यह भी सोचा कि अमावस्या की रात घना अँधेरा होता है। अब इतने अँधेरे में सभी को सिर्फ लोटा ही दिखेगा, न कि लोटे में दूध है या पानी।"

बीरबल बोला, "महाराज, इस बात से स्पष्ट होता है कि कुछ मामलों में सभी की सोच एक जैसी होती है।" अब राजा अकबर को बीरबल की बात अच्छे से समझ आ गई थी।

□

बीरबल की खिचड़ी

एक बार शहंशाह अकबर ने घोषणा की कि यदि कोई व्यक्ति सर्दी के मौसम में नर्मदा नदी के ठंडे पानी में घुटनों तक डूबा रहकर सारी रात गुजार देगा तो उसे भारी-भरकम तोहफे से पुरस्कृत किया जाएगा।

एक गरीब धोबी ने अपनी गरीबी दूर करने की खातिर हिम्मत की और सारी रात नदी में घुटने तक पानी में ठिठुरते हुए बिताई और जहाँपनाह से अपना इनाम लेने पहुँचा।

बादशाह अकबर ने उससे पूछा, "तुमने कैसे बिना सोए, खड़े-खड़े ही नदी में रात बिताई? तुम्हारे पास क्या सबूत है?"

धोबी ने उत्तर दिया, "जहाँपनाह, मैं सारी रात नदी छोर के महल के कमरे में जल रहे दीपक को देखता रहा और इस तरह जागते हुए सारी रात नदी के शीतल जल में गुजारी।"

बादशाह ने क्रोधित होकर कहा, "तो इसका मतलब यह हुआ कि तुम महल के दीये की गरमी लेकर सारी रात पानी में खड़े रहे और इनाम चाहते हो। सिपाहियो, इसे जेल में बंद कर दो।"

बीरबल भी दरबार में था। उसे यह देख बुरा लगा कि बादशाह नाहक ही उस गरीब पर जुल्म कर रहे हैं। बीरबल दूसरे दिन दरबार में हाजिर नहीं हुआ, जबकि उस दिन दरबार की एक आवश्यक बैठक थी। बादशाह ने एक खादिम को बीरबल को बुलाने भेजा। खादिम ने लौटकर जवाब दिया, बीरबल खिचड़ी पका रहे हैं और वे खिचड़ी पकते ही उसे खाकर आएँगे।

जब बीरबल बहुत देर बाद भी नहीं आए तो बादशाह को बीरबल की चाल में कुछ संदेह नजर आया। वे खुद तफतीश करने पहुँचे। बादशाह ने देखा कि एक बहुत लंबे से डंडे पर एक घड़ा बाँधकर उसे बहुत ऊँचा लटका दिया गया है और नीचे जरा सी आग जल रही है। पास में बीरबल आराम से खटिया पर लेटे हुए हैं।

बादशाह ने तमककर पूछा, "यह क्या तमाशा है? क्या ऐसे भी खिचड़ी पकती है?"

बीरबल ने कहा, " माफ करें, जहाँपनाह, जरूर पकेगी; और वैसे ही पकेगी, जैसे कि धोबी को महल के दीये की गरमी मिली थी।"

बादशाह को बात समझ में आ गई। उन्होंने बीरबल को गले लगाया और धोबी को रिहा करने तथा उसे इनाम देने का हुक्म दिया।

□

कितने कौए

एक दिन अकबर अपने मंत्री बीरबल के साथ अपने महल के बाग में घूम रहे थे। अकबर बागों में उड़ते कौओं को देखकर कुछ सोचने लगे और बीरबल से पूछा, "क्यों बीरबल, हमारे राज्य में कितने कौए होंगे?"

बीरबल ने कुछ देर उँगलियों पर कुछ हिसाब लगाया और बोले, "हुजूर, हमारे राज्य में कुल मिलाकर 95,463 कौए हैं।"

"तुम इतने विश्वास से कैसे कह सकते हो?"

"हुजूर, आप खुद गिन लीजिए," बीरबल बोले।

अकबर को कुछ इसी प्रकार के जवाब का अंदेशा था।

उन्होंने ने पूछा, "बीरबल, यदि इससे कम हुए तो?"

"तो इसका मतलब है, कि कुछ कौए अपने रिश्तेदारों से मिलने दूसरे राज्यों में गए हैं।"

"और यदि ज्यादा हुए तो?"

"तो इसका मतलब यह है, हुजूर कि कुछ कौए अपने रिश्तेदारों से मिलने हमारे राज्य में आए हैं।" बीरबल ने मुसकराकर जवाब दिया।

अकबर एक बार फिर मुसकराकर रह गए।

□

जादुई गधा

एक समय की बात है, बादशाह अकबर ने अपनी बेगम के जन्मदिवस के लिए बहुत ही खूबसूरत और बेशकीमती हार बनवाया था। जब जन्मदिन आया, तो बादशाह अकबर ने वह हार अपनी बेगम को तोहफे में दे दिया, जो उनकी बेगम को बहुत पसंद आया। अगली रात बेगम साहिबा ने वह हार गले से उतारकर एक संदूक में रख दिया। जब इस बात को कई दिन गुजर गए, तो एक दिन बेगम साहिबा ने हार पहने के लिए संदूक खोला, लेकिन हार कहीं नहीं मिला। इससे वे बहुत उदास हो गईं और इस बारे में बादशाह अकबर को बताया। इस बारे में पता चलते ही बादशाह अकबर ने अपने सैनिकों को हार ढूँढ़ने का आदेश दिया, लेकिन हार कहीं नहीं मिला। इससे अकबर को यकीन हो गया कि बेगम का हार चोरी हो गया है।

फिर अकबर ने बीरबल को महल में आने के लिए बुलावा भेजा। जब बीरबल आया, तो अकबर ने सारी बात बताई और हार को खोज निकालने की जिम्मेदारी उसे सौंप दी। बीरबल ने समय व्यर्थ किए बिना ही राजमहल में काम करनेवाले सभी लोगों को दरबार में आने के लिए संदेश भिजवाया। थोड़े ही देर में दरबार लग गया। दरबार में अकबर और बेगम सहित सभी काम करनेवाले हाजिर थे, लेकिन बीरबल दरबार में नहीं था। सभी बीरबल का इंतजार कर ही रहे थे कि तभी बीरबल एक गधा लेकर राजदरबार में पहुँच जाता है। देर से दरबार में आने के लिए बीरबल बादशाह अकबर से माफी माँगता है। सभी सोचने लगते हैं कि बीरबल गधे को लेकर राजदरबार में क्यों आया है? फिर

बीरबल बताता है कि यह गधा उसका दोस्त है और उसके पास जादुई शक्ति है। यह शाही हार चुरानेवाले का नाम बता सकता है।

इसके बाद बीरबल जादुई गधे को सबसे नजदीकवाले कमरे में ले जाकर बाँध देता है और कहता है कि सभी एक-एक करके कमरे में जाएँ और गधे की पूँछ पकड़कर चिल्लाएँ, "जहाँपनाह! मैंने चोरी नहीं की है।" साथ ही बीरबल कहता है कि आप सभी की आवाज दरबार तक आनी चाहिए। सभी के पूँछ पकड़कर चिल्लाने के बाद आखिर में गधा बताएगा कि चोरी किसने की है।

इसके बाद सभी कमरे के बाहर एक लाइन में खड़े हो गए और एक-एक करके सभी ने कमरे में जाना शुरू कर दिया। जो भी कमरे के अंदर जाता, तो पूँछ पकड़कर चिल्लाना शुरू कर देता, "जहाँपनाह! मैंने चोरी नहीं की है।" जब सभी का नंबर आ जाता है, तो अंत में बीरबल कमरे में जाता है और कुछ देर बाद कमरे से बाहर आ जाता है।

फिर बीरबल सभी काम करनेवालों के पास जाकर उन्हें दोनों हाथ सामने करने को बोलता है और एक-एक करके सभी के हाथ सूँघने लगता है। बीरबल की इस हरकत को देखकर सभी हैरान हो जाते हैं। ऐसे ही सूँघते-सूँघते एक काम करनेवाले का हाथ पकड़कर बीरबल जोर से बोलता है, "जहाँपनाह! इसने चोरी की है।" यह सुनकर अकबर बीरबल से कहते हैं, "तुम इतने यकीन के साथ कैसे कह सकते हो कि चोरी इस सेवक ने ही की है? क्या तुम्हें जादुई गधे ने इसका नाम बताया है?"

तब बीरबल बोलता है, "जहाँपनाह! यह गधा जादुई नहीं है। यह बाकी गधों की तरह साधारण ही है। बस मैंने इस गधे की पूँछ पर एक खास तरह का इत्र लगाया है। सभी सेवकों ने गधे की पूँछ को पकड़ा, बस इस चोर को छोड़कर। इसलिए इसके हाथ से इत्र की खुशबू नहीं आ रही है।"

फिर चोर को पकड़ लिया गया और उससे चोरी के सभी सामान के साथ ही बेगम का हार भी बरामद कर लिया गया। बीरबल की इस अक्लमंदी की सभी ने सराहना की और बेगम ने खुश होकर बादशाह अकबर से उसे उपहार भी दिलवाया।

□

चोर की दाढ़ी में तिनका

बादशाह अकबर बीरबल से अकसर अजीब सवाल तो पूछते ही थे, लेकिन एक दिन उन्होंने बीरबल को छकाने की एक तरकीब खोज निकाली। उन्होंने अपनी बेशकीमती अँगूठी छिपाकर एक सरदार को दे दी और उससे बात छुपाकर रखने के लिए कहा। जब बीरबल उनके पास आए तो बादशाह ने कहा, "आज हमारी अँगूठी खो गई है। सुबह तो वह हमारे पास ही थी। शौच जाते वक्त मैंने उतारकर रख दी और जब वापस लौटा तो देखा कि अँगूठी गायब है।" बीरबल चुपचाप सुनते रहे।

बादशाह ने आगे कहा, "मुझे यकीन है कि यह काम महल के ही किसी व्यक्ति का है। बाहरी आदमी ऐसी हिम्मत नहीं कर सकता। बीरबल! तुम ज्योतिषशास्त्र बखूबी जानते हो अतः चोर का पता लगाओ!"

बीरबल ने उस जगह का पता पूछा, जहाँ उन्होंने शौच जाने से पहले अँगूठी रखी थी।

बादशाह अकबर ने एक अलमारी की ओर इशारा किया। बीरबल ने उस अलमारी के पास जाकर उससे कान लगाकर कुछ देर बाद हटा लेने का नाटक किया। देखने से यह लगता था, जैसे वह कोई बात सुनने की कोशिश कर रहा है।

कुछ देर बाद बीरबल ने बादशाह की तरफ देखकर कहा, "अलमारी साफ बताती है कि जिसके पास अँगूठी है, उसकी दाढ़ी में तिनका है।" बीरबल की बात को जब पास ही बैठे सरदार ने सुना, जिसको बादशाह ने अँगूठी दी

थी, तो वह घबराकर अपना मुँह और दाढ़ी टटोलने लगा। बीरबल पहले से ही चौकन्ने थे। सरदार की हरकत उनसे छिपी नहीं रह सकी। फौरन ही बीरबल ने उस सरदार को पकड़कर बादशाह के सामने पेश किया और कहा, "जहाँपनाह, आपकी अँगूठी का चोर यहीं है।" यह बात बादशाह पहले से ही जानते थे। वे बीरबल की इस चतुराई से बेहद खुश हुए।

□

रेत से चीनी अलग

एक बार बादशाह अकबर, बीरबल और सभी मंत्रीगण दरबार में बैठे हुए थे। सभा की काररवाई चल रही थी। एक-एक करके राज्य के लोग अपनी समस्याएँ लेकर दरबार में आ रहे थे। इसी बीच एक व्यक्ति दरबार में पहुँचा। उसके हाथ में एक मर्तबान था। सभी उस मर्तबान की ओर देख रहे थे, तभी अकबर ने उस व्यक्ति से पूछा, "क्या है इस मर्तबान में?"

उसने कहा, "महाराज, इसमें चीनी और रेत का मिश्रण है।" अकबर ने फिर पूछा, "किसलिए?" अब दरबारी ने कहा, "गलती माफ हो महाराज, लेकिन मैंने बीरबल की बुद्धिमत्ता के कई किस्से सुने हैं। मैं उनकी परीक्षा लेना चाहता हूँ। मैं यह चाहता हूँ कि बीरबल इस रेत में से बिना पानी का इस्तेमाल किए चीनी का एक-एक दाना अलग कर दें।" अब सभी हैरानी से बीरबल की ओर देखने लगे।

अब अकबर ने बीरबल की ओर देखा और कहा, "देख लो बीरबल, अब तुम कैसे इस व्यक्ति के सामने अपनी बुद्धिमानी का परिचय दोगे?" बीरबल ने मुसकराते हुए कहा, "महाराज, हो जाएगा, यह तो मेरे बाएँ हाथ का काम है।" अब सभी लोग हैरान थे कि बीरबल ऐसा क्या करेंगे कि रेत से चीनी अलग-अलग हो जाएगी? तभी बीरबल उठे और उस मर्तबान को लेकर महल में मौजूद बगीचे की ओर बढ़ चले। उनके पीछे वह व्यक्ति भी था।

अब बीरबल बगीचे में एक आम के पेड़ के नीचे पहुँचे। अब वह मर्तबान में मौजूद रेत और चीनी के मिश्रण को एक आम के पेड़ के चारों तरफ फैलाने

लगे। तभी उस व्यक्ति ने पूछा, "अरे, यह क्या कर रहे हो?" इस पर बीरबल ने कहा, "यह आपको कल पता चलेगा।" इसके बाद दोनों महल में वापस आ गए। अब सभी को कल सुबह का इंतजार था। अगली सुबह जब दरबार लगा, तो अकबर और सारे मंत्री एक साथ बगीचे में पहुँचे। साथ में बीरबल और रेत व चीनी का मिश्रण लानेवाला व्यक्ति भी था। सभी आम के पेड़ के पास पहुँच गए।

सभी ने देखा कि अब वहाँ सिर्फ रेत पड़ी हुई है। दरअसल, रेत में मौजूद चीनी को चींटियों ने निकालकर अपने बिल में इकट्ठा कर लिया था और बची-खुची चीनी को कुछ चींटियाँ उठाकर अपने बिल में ले जा रही थीं। इस पर उस व्यक्ति ने पूछा, "चीनी कहाँ गई?" तो बीरबल ने कहा, "रेत से चीनी अलग हो गई है।" सभी जोर-जोर से हँसने लगे। बीरबल की यह चतुराई देख अकबर ने उस व्यक्ति से कहा, "अगर अब तुम्हें चीनी चाहिए, तो तुम्हें चींटियों के बिल में घुसना पड़ेगा।" इस पर सभी ने फिर से ठहाका लगाया और बीरबल की तारीफ करने लगे।

□

मोती बोने की कला

एक दिन बादशाह अकबर के दरबार में जोरों का कोलाहल सुनाई दिया। सभी लोग बीरबल के खिलाफ नारे लगा रहे थे, "बीरबल बदमाश है, पापी है, इसे दंड दो!"

बादशाह ने भारी जनमत को बीरबल के खिलाफ देख आज्ञा दी कि बीरबल को सूली पर चढ़ा दिया जाए। दिन तय हुआ। बीरबल ने अपनी अंतिम बात कहने की आज्ञा माँगी।

आज्ञा मिलने पर उसने कहा, "मैंने सारी चीजें तो आपको बता दीं, पर मोती बोने की कला नहीं सिखा पाया।"

अकबर बोला, "सच, क्या तुम वह जानते हो? तो ठीक है, जब तक मैं यह सीख न लूँ, तुम्हें जीने का अवसर दिया जाता है।"

बीरबल ने कुछ विशेष महलों की ओर इशारा करते हुए कहा, "इन्हें ढहा दिया जाए, क्योंकि इसी जमीन में उत्तम मोती पैदा हो सकते हैं।" महल ढहा दिए गए। ये महल बीरबल की झूठी शिकायत करनेवाले दरबारियों के थे। वहाँ बीरबल ने जौं बो दिए। कुछ दिन बाद बीरबल ने सभी से कहा, "कल सुबह ये पौधे मोती पैदा करेंगे।"

अगले दिन सभी आए। ओस की बूँदें जौं के पौधों पर मोती की तरह चमक रही थीं। बीरबल ने कहा, "अब आप लोगों में से जो निरपराधी, दूध का धुला हो, इन मोतियों को काट ले। लेकिन यदि किसी ने एक भी अपराध किया होगा तो ये मोती पानी होकर गिर जाएँगे।"

कोई आगे नहीं बढ़ा। लेकिन अकबर समझ गए कि गलतियाँ तो सभी से होती हैं। बादशाह ने बीरबल को मुक्त कर दिया। सार यह है कि किसी को दंडित करने से पूर्व उसके दोषी या निर्दोष होने के बारे में भलीभाँति जाँच कर लेनी चाहिए।

□

भाई जैसा

बादशाह अकबर तब बहुत छोटे थे, जब उनकी माँ का देहांत हुआ था। चूँकि वह बहुत छोटे थे, इसलिए उन्हें माँ के दूध की दरकार थी। महल में तब एक दासी रहती थी, जिसका शिशु भी दुधमुँहा था। वह नन्हे अकबर को दूध पिलाने को राजी हो गई। दासी का वह पुत्र व अकबर दोनों साथ-साथ दासी का दूध पीने लगे।

दासी के पुत्र का नाम हुसिफ था। चूँकि हुसिफ व अकबर ने एक ही स्त्री का दुग्धपान किया था, इसलिए वे दूध-भाई हो गए थे। अकबर को भी लगाव था हुसिफ से।

समय बीतता रहा। बादशाह अकबर बन गए और देश के सर्वाधिक शक्तिशाली सम्राट् बने। लेकिन हुसिफ एक मामूली दरबारी तक न बन पाया। उसकी मित्रता जुआरियों के साथ थी और कुछ ऐसे लोग भी उसके साथी थे, जो पैसा फिजूल बहाया करते थे। एक समय ऐसा आया, जब हुसिफ के पास दो समय के भोजन के लिए भी पैसा पास नहीं था। लोगों ने तब उसे बादशाह के पास जाने को कहा।

हुसिफ ने बादशाह अकबर के पास जाने की तैयारी शुरू कर दी।

हुसिफ के दरबार में पहुँचते ही बादशाह ने उसे ऐसे गले लगाया, जैसे उसका सगा भाई ही हो। लंबे अरसे के बाद हुसिफ को देख बादशाह बेहद खुश थे। उन्होंने उसकी हरसंभव सहायता करनी चाही।

हुसिफ को अकबर ने दरबार में नौकरी दे दी। रहने के लिए बड़ा मकान,

नौकर-चाकर, घोड़ागाड़ी भी दी। निजी खर्च के लिए एक मोटी रकम हर महीने उसको मिलती थी। अब हुसिफ की जिंदगी अमन-चैन से गुजर रही थी। उसे किसी चीज की कोई कमी नहीं थी।

"यदि तुम्हारी कुछ और जरूरतें हैं, तो बेहिचक कह डालो। सब पूरी की जाएँगी।" बादशाह ने हुसिफ से कहा।

तब हुसिफ ने जवाब दिया, "आपने अब तक जितना दिया है, वह काफी है शाही जीवन बिताने को। बादशाह सलामत! आपने मुझे इज्जत बख्शी, सिर उठाकर चलने की हैसियत दी। मुझसे ज्यादा खुश और कौन होगा। मेरे लिए यह भी फख्र की बात है कि देश का सम्राट् मुझे अपना भाई मानता है। और क्या चाहिए मुझे!" कहते हुए उसने सिर खुजाया, होंठों पर अहसान भरी मुसकान थी। लेकिन लगता था, उसे कुछ और भी चाहिए था। वह बोला, "मैं महसूस करता हूँ कि बीरबल जैसे बुद्धिमान व योग्य व्यक्ति के साथ रहूँ। मेरी ख्वाहिश है कि जैसे बीरबल आपका सलाहकार है, वैसा ही मुझे भी कोई सलाह देनेवाला हो।"

बादशाह अकबर ने हुसिफ की यह इच्छा भी पूरी करने का फैसला किया। उन्होंने बीरबल को बुलाकर कहा, "हुसिफ मेरे भाई जैसा है। मैंने उसे जीवन के सभी ऐशो-आराम उपलब्ध करा दिए हैं, लेकिन अब वह तुम्हारे जैसा योग्य सलाहकार चाहता है। तुम अपने जैसा बल्कि यह समझो, अपने भाई जैसा कोई व्यक्ति लेकर आओ, जो हुसिफ का मन बहला सके। वह बातूनी न हो, पर जो भी बोले, नपा-तुला बोले। उसकी बात का कोई मतलब होना चाहिए। समझ गए न कि मैं क्या चाहता हूँ।"

पहले तो बीरबल समझ ही न पाया कि बादशाह ऐसा क्यों चाहते हैं। उसे हुसिफ में ऐसी कोई खूबी दिखाई नहीं देती थी। "जी हुजूर!" बीरबल बोला, "आप चाहते हैं कि मैं ऐसा आदमी खोजकर लाऊँ, जो मेरे भाई जैसा हो।"

"ठीक समझे हो।" बादशाह ने कहा।

अब बीरबल सोचने लगा कि ऐसा कौन हो सकता है, जो उसके भाई जैसा हो। हुसिफ भाग्यशाली है, जो बादशाह उसे अपना भाई मानते हैं और उसे सारे ऐशो-आराम उपलब्ध करा दिए हैं। लेकिन बीरबल को हुसिफ की यह माँग जँची नहीं कि उसके पास भी बीरबल जैसा सलाहकार हो। बादशाह बेहद सम्मान करते थे बीरबल का और बीरबल भी बादशाह पर जान छिड़कता था।

लेकिन हुसिफ तो इस लायक कतई नहीं था। अब बीरबल सोच ही रहा था कि समस्या को हल कैसे किया जाए, तभी पास की पशुशाला से साँड़ के रँभाने की आवाज आई। बीरबल तुरंत खड़ा हो गया। आखिरकार उसे अपने भाई जैसा कोई मिल ही गया था।

अगले दिन उस साँड़ के साथ बीरबल महल में जाकर अकबर के सामने खड़ा हो गया।

"तुम अपने साथ इस साँड़ को लेकर यहाँ क्यों आए हो बीरबल?" अकबर ने पूछा।

"यह मेरा भाई है, बादशाह सलामत!" बीरबल बोला, "हम दोनों एक ही माँ का दूध पीकर बड़े हुए हैं···गऊ माता का दूध पीकर। इसलिए यह साँड़ मेरे भाई जैसा है···दूध-भाई। यह बोलता भी बहुत कम है। जो इसकी भाषा समझ लेता है, उसे यह कीमती सलाह भी देता है। इसे हुसिफ को दे दें, मेरे जैसा सलाहकार पाने की उसकी इच्छा पूरी हो जाएगी।"

बीरबल का यह उत्तर सुनकर अकबर को अपनी गलती का अहसास हुआ। तब उन्हें लगा कि जैसे उन जैसा कोई दूसरा नहीं, वैसे ही बीरबल भी एक ही है।

□

धोखेबाज काजी

एक बार की बात है, बादशाह अकबर अपने दरबारियों के साथ किसी मुद्दे पर चर्चा कर रहे थे। उसी समय वहाँ एक किसान अपनी फरियाद लेकर आया और बोला, "महाराज, न्याय करो। मुझे इनसाफ चाहिए।" यह सुनकर बादशाह अकबर बोले कि क्या हुआ।

किसान बोला, "महाराज, मैं एक गरीब किसान हूँ। कुछ समय पहले मेरी पत्नी का निधन हो गया और अब मैं अकेला रहता हूँ। मेरा मन किसी भी काम में नहीं लगता है। इसलिए एक दिन मैं काजी साहब के पास गया। उन्होंने मन की शांति के लिए मुझे यहाँ से काफी दूर स्थित एक दरगाह में जाने के लिए कहा। उनकी बात से प्रभावित होकर मैं दरगाह जाने के लिए तैयार हो गया, लेकिन साथ ही मुझे इतने वर्षों तक मेहनत करके कमाए सोने के सिक्कों के चोरी होने की चिंता सताने लगी। जब मैंने यह बात काजी साहब को बताई, तो उन्होंने कहा कि वे सोने के सिक्कों की सुरक्षा करेंगे और उसके वापस आने पर लौटा देंगे। इस पर मैंने सभी सिक्के एक थैली में डालकर उन्हें दे दिए। एहतियात के तौर पर काजी साहब ने मुझे थैली पर मुहर लगाने को कहा।"

बादशाह अकबर बोले, "अच्छा, तो फिर क्या हुआ ?" किसान ने कहा, "महाराज, मैंने मुहर लगाकर थैली उन्हें दे दी और दरगाह के दर्शन करने यात्रा पर चला गया। फिर जब कुछ दिनों बाद वापस आया, तो काजी साहब ने थैली वापस दे दी। मैं थैली लेकर घर लौटा और उसे खोला, तो उसमें सोने के सिक्कों की जगह पत्थर थे। मैंने इस बारे में काजी साहब से पूछा, तो उन्होंने गुस्से में

कहा कि तुम मुझ पर चोरी का इल्जाम लगाते हो। इतना कहकर उन्होंने अपने नौकरों को बुलाया और मुझे मार-मारकर वहाँ से भगा दिया।"

किसान ने रोते हुए कहा, "महाराज, मेरे पास जमा-पूँजी के नाम पर बस वही सोने के सिक्के थे। मेरे साथ न्याय करें महाराज!"

किसान की बात सुनकर बादशाह अकबर ने बीरबल को मामला सुलझाने के लिए कहा। बीरबल ने किसान के हाथों से थैली लेकर उसे अंदर से देखा और महाराज से थोड़ा सा समय माँगा। शहंशाह अकबर ने बीरबल को दो दिन का समय दिया।

घर जाकर बीरबल ने एक फटा हुआ कुरता अपने नौकर को दिया और कहा, "इसे अच्छे से रफू करवाकर लाओ।" नौकर कुरता लेकर चला गया और कुछ देर बाद उसे रफू करवाकर वापस आ गया। बीरबल कुरते को देखकर खुश हो गया। कुरता इस प्रकार से रफू किया गया था कि मानो फटा ही न हो। यह देखकर बीरबल ने नौकर से उस दर्जी को बुलाकर लाने को कहा। नौकर कुछ ही देर में दर्जी को लेकर आ गया। बीरबल ने उससे कुछ पूछा और वापस भेज दिया।

अगले दिन बीरबल दरबार पहुँचा और सैनिक से काजी व किसान दोनों को दरबार में लेकर आने का आदेश दिया। कुछ ही देर में सैनिक काजी व किसान को साथ ले आया।

इसके बाद बीरबल ने सैनिक से दर्जी को भी बुलाने के लिए कहा। यह सुनते ही काजी के होश उड़ गए। दर्जी के आते ही बीरबल ने उससे पूछा, "क्या काजी ने तुम्हें कुछ सिलने के लिए दिया था?" तब दर्जी ने कहा, "कुछ महीने पहले मैंने इनकी सिक्कोंवाली थैली को सिया था।" इसके बाद जब बीरबल ने जोर देकर काजी से पूछा तो उसने डर के मारे सबकुछ सच-सच बता दिया।

काजी ने कहा, "महाराज, मैं एक साथ इतने सारे सोने के सिक्के देखकर लालची हो गया था। मुझे माफ कर दो।"

बादशाह अकबर ने काजी को आदेश दिया कि वह किसान को उसके सोने के सिक्के लौटाए और साथ ही काजी को एक वर्ष कारावास की सजा सुनाई। इसके बाद एक बार फिर सभी ने बीरबल की बुद्धि की भूरि-भूरि प्रशंसा की।

□

हरा घोड़ा

एक दिन बादशाह अकबर घोड़े पर बैठकर शाही बाग में घूमने गए। साथ में बीरबल भी था। चारों ओर हरे-भरे वृक्ष और हरी-हरी घास देखकर अकबर को बहुत आनंद आया। उन्हें लगा कि बगीचे में सैर करने के लिए तो घोड़ा भी हरे रंग का ही होना चाहिए।

उन्होंने बीरबल से कहा, "बीरबल, मुझे हरे रंग का घोड़ा चाहिए। तुम मुझे सात दिन में हरे रंग का घोड़ा ला दो। यदि तुम हरे रंग का घोड़ा न ला सके तो हमें अपनी शक्ल मत दिखाना।" हरे रंग का घोड़ा तो होता ही नहीं है, अकबर और बीरबल दोनों को यह मालूम था। लेकिन अकबर को तो बीरबल की परीक्षा लेनी थी।

दरअसल, इस प्रकार के अटपटे सवाल करके वे चाहते थे कि बीरबल अपनी हार स्वीकार कर लें और कहें कि जहाँपनाह, मैं हार गया, मगर बीरबल भी अपने जैसे एक ही थे। बीरबल के हर सवाल का सटीक उत्तर देते थे कि बादशाह अकबर को मुँह की खानी पड़ती थी।

बीरबल हरे रंग के घोड़े की खोज के बहाने सात दिन तक इधर-उधर घूमते रहे। आठवें दिन वे दरबार में हाजिर हुए और बादशाह से बोले, "जहाँपनाह! मुझे हरे रंग का घोड़ा मिल गया है।" बादशाह को आश्चर्य हुआ। उन्होंने कहा, "जल्दी बताओ, कहाँ है हरा घोड़ा?" बीरबर ने कहा, "जहाँपनाह! घोड़ा तो आपको मिल जाएगा, मैंने बड़ी मुश्किल से उसे खोजा है, मगर उसके मालिक ने दो शर्तें रखी हैं।"

बादशाह ने कहा, "क्या शर्तें हैं?"

"पहली शर्त तो यह है कि घोड़ा लेने के लिए आपको स्वयं जाना होगा।"

"यह तो बड़ी आसान शर्त है। दूसरी शर्त क्या है?"

"घोड़ा खास रंग का है, इसलिए उसे लाने का दिन भी खास ही होगा। उसका मालिक कहता है कि सप्ताह के सात दिनों के अलावा किसी भी दिन आकर उसे ले जाओ।"

अकबर बीरबल का मुँह देखते रह गए।

बीरबल ने हँसते हुए कहा, "जहाँपनाह! हरे रंग का घोड़ा लाना हो तो उसकी शर्तें भी माननी ही पड़ेंगी।"

अकबर खिलखिलाकर हँस पड़े। बीरबल की चतुराई से वे खुश हुए। समझ गए कि बीरबल को मूर्ख बनाना सरल नहीं है।

□

उम्र बढ़ानेवाला पेड़

एक समय की बात है, जब बादशाह अकबर का परचम पूरे विश्व में फैलने लगा था। उसी दौरान तुर्किस्तान के बादशाह को अकबर की बुद्धिमत्ता की परीक्षा लेने की सूझी। तुर्किस्तान के बादशाह ने अपने दूत को संदेश पत्र देकर कुछ सिपाहियों के साथ दिल्ली रवाना किया। बादशाह ने पत्र में लिखा था, "मुझे सुनने में आया है कि भारत में ऐसा पेड़ है, जिसके पत्ते को खाकर इनसान की आयु बढ़ाने में मदद मिल सकती है। अगर यह बात सच है तो मेरे लिए उस पेड़ के कुछ पत्ते जरूर भेजें।"

जब अकबर ने उस पत्र को पढ़ा, तो वे सोच में पड़ गए। इस चिंता से उबरने के लिए अकबर ने बीरबल का सहारा लिया। बीरबल की सलाह पर बादशाह अकबर ने तुर्किस्तान से आए सिपाहियों और दूत को कैद करने का आदेश दिया। सिपाही और दूत के कैदखाने में कई दिन बीत जाने के बाद अकबर और बीरबल एक दिन उनसे मिलने गए। अकबर और बीरबल को आते देखकर वे सोचने लगे कि उन्हें रिहाई मिल जाएगी, लेकिन ऐसा नहीं हुआ।

बादशाह अकबर जब उनके पास पहुँचे तो उन्होंने दूत से कहा, "जब तक इस किले की एक-दो ईंट गिर नहीं जाती, तब तक आप लोगों को आजाद नहीं करेंगे। ऐसा होने तक आप सभी के लिए यहाँ खाने-पीने का पूरा इंतजाम किया जाएगा।" इतना कहकर बादशाह अकबर और बीरबल वहाँ से चले गए। उनके जाने के बाद दूत और सिपाही कैद से निकलने के लिए उपाय सोचने लगे। जब कोई रास्ता नजर नहीं आया तो भगवान् से प्रार्थना करने लगे।

जल्द ही उनकी प्रार्थना रंग लाई और कुछ दिनों बाद अचानक तेज भूकंप आया और भूकंप के कारण किले का एक भाग टूटकर गिर गया। इस घटना के बाद दूत ने अकबर के पास किले की दीवार गिरने की खबर भिजवाई। यह खबर सुनते ही बादशाह अकबर को अपना वादा याद आया और उन्होंने तुर्किस्तान के दूत व सिपाहियों को दरबार में प्रस्तुत होने का आदेश दिया। उनके दरबार में पहुँचते ही बादशाह अकबर बोले, "अब तो आप सबको अपने बादशाह के द्वारा भेजे गए पत्र का उत्तर मिल गया होगा। अगर अब भी आपको समझ नहीं आया है, तो मैं समझा देता हूँ। तुम सिर्फ 100 लोग हो और तुम्हारी आह सुनकर किले का एक हिस्सा गिर गया, तो सोचो, जिस देश में हजारों लोगों पर अत्याचार होते हैं, उस देश के बादशाह की आयु कैसे बढ़ेगी। लोगों की आह से उसका पतन तो निश्चित है। हमारे भारत देश में किसी गरीब पर अत्याचार नहीं होता। यही होता है आयुवर्धक वृक्ष।"

उसके कुछ दिन बाद बादशाह ने उन सभी को उनके देश भेज दिया और रास्ते में होनेवाले खर्चे के लिए कुछ पैसे भी दिए। दूत ने तुर्किस्तान पहुँचकर भारत में घटित सारी बात विस्तार से बादशाह को बताई। अकबर-बीरबल की बुद्धिमत्ता देखकर तुर्किस्तान के बादशाह ने दरबार में उनकी बहुत प्रशंसा की।

□

तोते की मौत

एक बहेलिए को तोतों में बड़ी ही दिलचस्पी थी। वह उन्हें पकड़ता, सिखाता और तोते के शौकीन लोगों को ऊँचे दामों में बेच देता था। एक बार एक बहुत ही सुंदर तोता उसके हाथ लगा। उसने उस तोते को अच्छी-अच्छी बातें सिखाईं, उसे तरह-तरह से बोलना सिखाया और उसे लेकर अकबर के दरबार में पहुँच गया। दरबार में बहेलिए ने तोते से पूछा, "बताओ, यह किसका दरबार है?" तोता बोला, "यह जहाँपनाह अकबर का दरबार है।" सुनकर अकबर बड़े ही खुश हुए। वे बहेलिए से बोले, "हमें यह तोता चाहिए, बोलो, इसकी क्या कीमत माँगते हो?" बहेलिया बोला, "जहाँपनाह! सबकुछ आपका है, आप जो दें, वही मुझे मंजूर है।" अकबर को जवाब पसंद आया और उन्होंने बहेलिए को अच्छी कीमत देकर उससे तोते को खरीद लिया।

महाराजा अकबर ने तोते के रहने के लिए बहुत खास इंतजाम किए। उन्होंने उस तोते को बहुत ही खास सुरक्षा के बीच रखा और रखवालों को हिदायत दी कि इस तोते को कुछ नहीं होना चाहिए। यदि किसी ने भी मुझे इसकी मौत की खबर दी तो उसे फाँसी पर लटका दिया जाएगा। अब उस तोते का बड़ा ही खयाल रखा जाने लगा। मगर विडंबना देखिए कि वह तोता कुछ ही दिनों बाद मर गया। अब उसकी सूचना महाराज को कौन दे?

रखवाले बड़े परेशान थे। तभी उनमें से एक बोला कि बीरबल हमारी मदद कर सकता है। और यह कहकर उसने बीरबल को सारा वृत्तांत सुनाया तथा उससे मदद माँगी।

बीरबल ने एक क्षण कुछ सोचा और फिर रखवाले से बोला, "ठीक है, तुम घर जाओ, महाराज को सूचना मैं दूँगा। बीरबल अगले दिन दरबार में पहुँचा और अकबर से कहा, "हुजूर, आपका तोता…"

अकबर ने पूछा, "हाँ-हाँ, क्या हुआ मेरे तोते को?"

बीरबल ने फिर डरते-डरते कहा, "आपका तोता, जहाँपनाह…"

"हाँ-हाँ, बोलो बीरबल! क्या हुआ तोते को?"

"महाराज, आपका तोता…।" बीरबल बोला।

"अरे, खुदा के लिए कुछ तो कहो बीरबल, मेरे तोते को क्या हुआ?" अकबर ने खीजते हुए कहा।

"जहाँपनाह, आपका तोता न तो कुछ खाता है, न कुछ पीता है, न कुछ बोलता है, न अपने पंख फड़फड़ाता है, न आँखें खोलता है और न ही…" राजा ने गुस्से में कहा, "अरे, सीधा-सीधा क्यों नहीं बोलते कि वह मर गया है।" बीरबल तपाक से बोला, "हुजूर, मैंने मौत की खबर नहीं दी, बल्कि ऐसा आपने कहा है, मेरी जान बख्शी जाए।"

महाराज निरुत्तर हो गए।

□

दो मालिक, पेड़ एक

एक बार की बात है। रोज की तरह बादशाह अकबर दरबार में बैठकर अपनी प्रजा की समस्याएँ सुन रहे थे। सभी लोग अपनी-अपनी समस्याएँ लेकर बादशाह के सामने हाजिर हो रहे थे कि तभी राघव व केशव नाम के दो पड़ोसी अपनी समस्या लेकर दरबार में आए। इन दोनों की समस्या की जड़ था इन दोनों घर के बीच मौजूद फलों से लदा आम का पेड़। मामला आम के पेड़ के मालिकाना हक को लेकर था। राघव कह रहा था कि पेड़ उसका है और केशव झूठ बोल रहा है। वहीं, केशव का कहना था कि वह पेड़ का असली मालिक है और राघव झूठा है।

पेड़ एक और मालिक दो का मामला बहुत उलझा हुआ था और दोनों में से कोई भी हार मानने को तैयार नहीं था। दोनों पक्षों की बातें सुनकर और सोच-विचार करने के बाद बादशाह अकबर ने यह मामला अपने नवरत्नों में से एक बीरबल को सौंप दिया। मामले को सुलझाने और सच्चाई का पता लगाने के लिए बीरबल ने एक नाटक रचा।

उस शाम बीरबल ने दो सिपाहियों से कहा कि वे राघव के घर जाएँ और कहें कि उसके आम के पेड़ से आम चोरी हो रहे हैं। उन्होंने दो सिपाहियों को केशव के घर जाकर भी यही संदेश देने को कहा। साथ ही बीरबल ने कहा कि यह संदेश देने के बाद वो उनके घर के पीछे छिपकर देखें कि राघव और केशव क्या करते हैं। बीरबल ने यह भी कहा कि राघव और केशव को पता नहीं लगना चाहिए कि तुम उनके घर आम की चोरी की सूचना लेकर जा रहे हो। सिपाहियों ने बिल्कुल वैसा ही किया जैसा बीरबल ने कहा।

दो सिपाही केशव के घर गए और दो राघव के घर। जब वो वहाँ

पहुँचे, तो उन्हें पता चला कि राघव और केशव दोनों ही घर पर नहीं थे, तो सिपाहियों ने उनकी पत्नियों को यह संदेश दे दिया। जब केशव घर पहुँचा तो उसकी पत्नी ने उसे आम की चोरी की सूचना दी। यह सुनकर केशव ने कहा, "अरे भाग्यवान, खाना तो खिला दो। आम के चक्कर में अब क्या भूखा बैठा रहूँ ? और कौन सा वह पेड़ मेरा अपना है। चोरी हो रही है तो होने दो। सुबह देखेंगे।" यह कहकर वह आराम से बैठकर खाना खाने लगा।

वहीं, जब राघव घर आया और उसकी पत्नी ने यह बात उसे बताई, तो वह उलटे पैर पेड़ की तरह दौड़ पड़ा। उसकी पत्नी ने पीछे से आवाज लगाई, "अरे, खाना तो खा लीजिए!" जिस पर राघव ने कहा, "खाना तो सुबह भी खा सकता हूँ, लेकिन अगर आज आम चोरी हो गए, तो मेरे पूरे साल की मेहनत पर पानी फिर जाएगा।" सिपाहियों ने दोनों के घर के बाहर छिपकर यह सारा नजारा देखा और वापस दरबार जाकर बीरबल को बताया।

अगले दिन दोनों फिर से दरबार में हाजिर हुए। उन दोनों के सामने बीरबल ने बादशाह अकबर से कहा, "जहाँपनाह, सारी समस्या की जड़ वह पेड़ है। क्यों न हम वह पेड़ ही कटवा दें। न रहेगा बाँस, न बजेगी बाँसुरी।" बादशाह अकबर ने इस बारे में राघव और केशव से पूछा, "इस बारे में आप दोनों का क्या खयाल है ?" इस पर केशव ने कहा, "हुजूर, आपकी हुकूमत है। आप जैसा कहेंगे, मैं उसे चुपचाप स्वीकार कर लूँगा।" वहीं राघव ने कहा, "मालिक, मैंने सात वर्ष तक उस पेड़ को सींचा है। आप चाहें तो उसे केशव को दे दीजिए, लेकिन कृपा करके उसे कटवाएँ नहीं। मैं आपके आगे हाथ जोड़ता हूँ।"

उन दोनों की बात सुनकर बादशाह अकबर ने बीरबल की तरह देखा और कहा, "अब आपका क्या कहना है, बीरबल ?" इसके बाद बीरबल ने बादशाह को बीती रात का किस्सा सुनाया और मुसकराते हुए कहा, "हुजूर, पेड़ एक और मालिक दो, ऐसा कैसे हो सकता है ? कल रात हुई घटना और आज हुई इस बात के बाद यह साबित हो चुका है कि राघव ही पेड़ का असली मालिक है और केशव झूठ बोल रहा है।"

यह सुनकर बादशाह ने बीरबल को शाबाशी दी। उन्होंने अपने हक की खातिर लड़ने के लिए राघव को बधाई दी और चोरी करने व झूठ बोलने के लिए केशव को जेल में बंद करने का आदेश दिया। □

बीरबल और तानसेन में विवाद

तानसेन और बीरबल में किसी बात को लेकर विवाद हो गया। दोनों ही अपनी-अपनी बात पर अटल थे। हल निकलता न देख दोनों बादशाह की शरण में गए। बादशाह अकबर को अपने दोनों रत्न प्रिय थे। वे किसी को भी नाराज नहीं करना चाहते थे, अतः उन्होंने स्वयं फैसला न देकर किसी और से फैसला कराने की सलाह दी।

"हुजूर, जब आपने किसी और से फैसला कराने को कहा है तो यह भी बता दें कि हम किस गणमान्य व्यक्ति से अपना फैसला करवाएँ?" बीरबल ने पूछा।

"तुम लोग महाराणा प्रताप से मिलो, मुझे यकीन है कि वे इस मामले में तुम्हारी मदद जरूर करेंगे।" बादशाह अकबर ने जवाब दिया।

अकबर की सलाह पर तानसेन और बीरबल महाराणा प्रताप से मिले और अपना-अपना पक्ष रखा। दोनों की बातें सुनकर महाराणा प्रताप कुछ सोचने लगे, तभी तानसेन ने मधुर रागिनी सुनानी शुरू कर दी। महाराणा मदहोश होने लगे। जब बीरबल ने देखा कि तानसेन अपनी रागिनी से महाराणा को अपने पक्ष में कर रहा है तो उससे रहा न गया, तुरंत बोला, "महाराणाजी, अब मैं आपको एक सच्ची बात बताने जा रहा हूँ, जब हम दोनों आपके पास आ रहे थे तो मैंने पुष्करजी में जाकर प्रार्थना की थी कि मेरा पक्ष सही होगा तो सौ गाय दान करूँगा; और मियाँ तानसेनजी ने प्रार्थना कर यह मन्नत माँगी कि यदि वह सही होंगे तो सौ गायों की कुरबानी देंगे। महाराणाजी, अब सौ गायों की जिंदगी आपके हाथों में है।"

बीरबल की यह बात सुनकर महाराणा चौंक गए। 'भला एक हिंदू शासक होकर गो-हत्या के बारे में सोच कैसे सकते थे!' उन्होंने तुरंत बीरबल के पक्ष को सही बताया।

जब बादशाह अकबर को यह बात पता चली तो वे बहुत हँसे।

□

चोर पकड़ा

एक बार एक व्यापारी अपने किसी काम से कुछ दिनों के लिए प्रदेश से दूर गया हुआ था। जब वह अपना काम खत्म करके घर पहुँचा, तो देखता है कि उसकी पूरी तिजोरी खाली है। उसकी मेहनत की सारी कमाई चोरी हो चुकी है। व्यापारी घबरा गया और उसने अपने घर के सारे नौकरों को बुलाया। व्यापारी के घर में कुल 5 नौकर थे। व्यापारी की एक आवाज पर सारे नौकर उसके सामने आकर खड़े हो गए।

व्यापारी ने उनसे पूछा, "तुम लोगों के होते हुए घर में इतनी बड़ी चोरी कैसे हो गई? जब चोर आकर मेरी पूरी तिजोरी साफ कर गया, उस समय कहाँ थे सब के सब?" एक नौकर ने जवाब दिया, "हमें नहीं पता कि यह चोरी कब हुई, मालिक! हम सो रहे थे।" उसकी यह बात सुनकर व्यापारी गुस्से से आगबबूला हो उठा और बोला, "मुझे तो लगता है कि तुम पाँच में से किसी एक ने ही चोरी की है। तुम्हारा हिसाब अब बादशाह अकबर ही करेंगे।" यह कहता हुआ वो महल की ओर चल पड़ा।

बादशाह अकबर अपने दरबार में बैठकर जनता की समस्या सुन रहे थे कि तभी व्यापारी वहाँ पहुँच गया। व्यापारी ने कहा, "न्याय हुजूर, न्याय, मेरी समस्या को दूर करें।" बादशाह ने पूछा, "क्या हुआ? कौन हो तुम और क्या है तुम्हारी समस्या?" व्यापारी बोला, "मैं आप ही के राज्य में रहनेवाला एक व्यापारी हूँ, महाराज! एक जरूरी काम से कुछ दिनों के लिए प्रदेश से बाहर गया था। जब वापस आया, तो मेरी सारी तिजोरी लुट चुकी थी। मैं बरबाद हो गया, हुजूर! मेरी मदद करें।"

यह सुनकर बादशाह ने व्यापारी से कुछ सवाल पूछे—जैसे कितना सामान चोरी हुआ ? क्या उसे किसी पर शक है आदि। सवालों के जवाब मिलने के बाद अकबर ने व्यापारी का मामला बीरबल को सौंप दिया और कहा कि असली चोर को पकड़ने में बीरबल उसकी मदद करेंगे।

अगले दिन बीरबल व्यापारी के घर पहुँचे। उन्होंने सभी नौकरों को बुलाया और उनसे पूछा कि चोरी की रात वो सभी कहाँ थे ? सभी ने कहा कि वो व्यापारी के घर में ही रहते हैं और उस रात भी व्यापारी के घर में ही सो रहे थे।

बीरबल ने उनकी बात मान ली और कहा, "आप सभी को परेशान होने की जरूरत नहीं है। मेरे हाथ में ये पाँच जादुई लकड़ियाँ हैं। मैं आप सभी को एक-एक लकड़ी दूँगा। जो भी चोर होगा, उसकी लकड़ी आज रात दो इंच लंबी हो जाएगी और चोर पकड़ा जाएगा। हम सभी कल यहीं मिलेंगे।" यह कह बीरबल ने सबके हाथ में एक-एक लकड़ी पकड़ाई और वहाँ से चले गए।

दिन ढल गया। अगले दिन बीरबल फिर से व्यापारी के घर पहुँचे और उन्होंने सभी नौकरों को अपनी-अपनी लकड़ी के साथ बुलाया। जब बीरबल ने सबकी लकड़ी देखी, तो उन्होंने देखा कि एक नौकर की लकड़ी दो इंच छोटी है।

बस, फिर क्या था ? बीरबल ने तुरंत सिपाहियों को उस नौकर को पकड़ने का आदेश दिया। व्यापारी इस पूरी घटना को समझ नहीं पाया और असमंजस में बीरबल की तरफ देखने लगा। बीरबल ने व्यापारी को समझाया कि कोई लकड़ी जादुई नहीं थी, लेकिन चोर को इस बात का डर था कि उसकी लकड़ी दो इंच बड़ी हो जाएगी और इस डर से उसने अपनी लकड़ी को दो इंच काट दिया और वह पकड़ा गया। व्यापारी बीरबल की चतुराई से बहुत प्रभावित हुआ और उसका धन्यवाद किया।

□

पैर और चप्पल

बीरबल बहुत नेक दिल इनसान थे। वह सदैव दान करते रहते थे और इतना ही नहीं, बादशाह से मिलनेवाले इनाम को भी ज्यादातर गरीबों और दीन-दु:खियों में बाँट देते थे, परंतु इसके बावजूद भी उनके पास धन की कोई कमी न थी। दान देने के साथ-साथ बीरबल इस बात से भी चौकन्ने रहते थे कि कपटी व्यक्ति उन्हें अपनी दीनता दिखाकर ठग न लें।

ऐसे ही बादशाह अकबर ने दरबारियों के साथ मिलकर एक योजना बनाई कि देखें कि सच्चे दीन दु:खियों की पहचान बीरबल को हो पाती है या नहीं। बादशाह ने अपने एक सैनिक को वेश बदलवाकर दीन-हीन अवस्था में बीरबल के पास भेजा कि अगर वह आर्थिक सहायता के रूप में बीरबल से कुछ ले आएगा, तो अकबर की ओर से उसे इनाम मिलेगा।

एक दिन जब बीरबल पूजा-पाठ करके मंदिर से आ रहे थे तो भेस बदले हुए सैनिक ने बीरबल के सामने आकर कहा, "हुजूर दीवान! मैं और मेरे आठ छोटे बच्चे हैं, जो आठ दिनों से भूखे हैं...भगवान् का कहना है कि भूखों को खाना खिलाना बहुत पुण्य का कार्य है, मुझे आशा है कि आप मुझे कुछ दान देकर अवश्य ही पुण्य कमाएँगे।"

बीरबल ने उस आदमी को सिर से पाँव तक देखा और एक क्षण में ही पहचान लिया कि वह ऐसा नहीं है, जैसा वह दिखावा कर रहा है।

बीरबल मन-ही-मन मुसकराए और बिना कुछ बोले ही उस रास्ते पर चल पड़े जहाँ से होकर एक नदी पार करनी पड़ती थी। वह व्यक्ति भी बीरबल के पीछे-

पीछे चलता रहा। बीरबल ने नदी पार करने के लिए जूती उतारकर हाथ में ले ली। उस व्यक्ति ने भी अपने पैर की फटी-पुरानी जूती हाथ में लेने का प्रयास किया।

वह व्यक्ति नदी पार कर कंकरीला मार्ग आते ही दो-चार कदम चलने के बाद ही जूती पहन लेता। बीरबल यह बात भी गौर कर चुके थे कि नदी पार करते समय उसका पैर धुलने के कारण वह व्यक्ति और भी साफ-सुथरा, चिकना, मुलायम गोरी चमड़ी का दिखने लगा था, इसलिए वह मुलायम पैरों से कंकरीले मार्ग पर नहीं चल सकता था।

"दीवानजी! दीन-हीन की पुकार आपने सुनी नहीं?" पीछे आ रहे व्यक्ति ने कहा।

बीरबल बोले, "जो मुझे पापी बनाए, मैं उसकी पुकार कैसे सुन सकता हूँ?"

"क्या कहा? क्या आप मेरी सहायता करके पापी बन जाएँगे?"

"हाँ, वह इसलिए कि शास्त्रों में लिखा है कि बच्चे का जन्म होने से पहले ही भगवान् उसके भोजन का प्रबंध करते हुए उसकी माँ के स्तनों में दूध दे देता है, उसके लिए भोजन की व्यवस्था भी कर देता है। यह भी कहा जाता है कि भगवान् इनसान को भूखा उठाता है, पर भूखा सुलाता नहीं है। इन सब बातों के बाद भी तुम अपने आप को आठ दिन से भूखा कह रहे हो। इन सब स्थितियों को देखते हुए यही समझना चाहिए कि भगवान् तुमसे रुष्ट हैं और वे तुम्हें और तुम्हारे परिवार को भूखा रखना चाहते हैं, लेकिन मैं उनका सेवक हूँ, अगर मैं तुम्हारा पेट भर दूँ तो ईश्वर मुझ पर रुष्ट होगा ही। मैं ईश्वर के विरुद्ध नहीं जा सकता, ना बाबा, ना! मैं तुम्हें भोजन नहीं करा सकता, क्योंकि यह सब कोई पापी ही कर सकता है।"

बीरबल का यह जवाब सुनकर वह चला गया। उसने इस बात की बादशाह और दरबारियों को सूचना दी।

बादशाह अब यह समझ गए कि बीरबल ने उसकी चालाकी पकड़ ली है। अगले दिन बादशाह ने बीरबल से पूछा, "बीरबल, तुम्हारे धर्म-कर्म की बड़ी चर्चा है, पर तुमने कल एक भूखे को निराश ही लौटा दिया, क्यों?"

"आलमपनाह! मैंने किसी भूखे को नहीं, बल्कि एक ढोंगी को लौटा दिया था और मैं यह बात भी जान गया हूँ कि वह ढोंगी आपके कहने पर मुझे बेवकूफ बनाने आया था।"

अकबर ने कहा, "बीरबल! तुमने कैसे जाना कि वह वाकई भूखा न होकर, ढोंगी था?"

"उसके पैरों और पैरों की चप्पल देखकर। यह सच है कि उसने अच्छा भेस बनाया था, मगर उसके पैरों की चप्पल कीमती थी।"

बीरबल ने आगे कहा, "माना कि चप्पल उसे भीख में मिल सकती थी, पर उसके कोमल, मुलायम पैर तो भीख में नहीं मिले थे, इसलिए कंकड़ की गड़न सहन न कर सके।"

इतना कहकर बीरबल ने बताया कि किस प्रकार उसने उस मनुष्य की परीक्षा लेकर जान लिया कि उसे नंगे पैर चलने की भी आदत नहीं, वह दरिद्र नहीं, बल्कि किसी अच्छे कुल का खाता-कमाता पुरुष है।

बादशाह बोले, "क्यों न हो, वह मेरा खास सैनिक है।" फिर बहुत प्रसन्न होकर बोले, "सचमुच बीरबल! माबदौलत तुमसे बहुत खुश हुए! तुम्हें धोखा देना आसान काम नहीं है।"

बादशाह के साथ साजिश में शामिल हुए सभी दरबारियों के चेहरे बुझ गए।

□

सवाल-जवाब

बादशाह अकबर ने बीरबल को विशेष सलाहकार के तौर पर अपने दरबार में नियुक्त किया था, क्योंकि बीरबल अधिक बुद्धिमान थे। वे अपने ज्ञान और चतुराई से हर सवाल और उलझन का हल निकाल दिया करते थे।

बीरबल बेहद कम समय में महाराजा अकबर के चहेते सलाहकार बन गए थे। इस बात से उनकी सभा के अन्य मंत्री और महामंत्री बीरबल से जला करते थे। यह जलन उनके साले मानसिंह को भी थी। इसलिए एक दिन मानसिंह ने बीरबल की परीक्षा लेनी चाही। उन्होंने बीरबल से तीन सवाल पूछने चाहे। महाराज अकबर ने भी बीरबल की परीक्षा लेने की अनुमति दे दी।

आसमान में कितने तारे हैं?

मानसिंह का यह पहला सवाल था। यह सवाल सुनकर बीरबल से जलनेवाले अन्य दरबारियों को खुशी होने लगी। महाराजा अकबर भी सोचने लगे कि क्या बीरबल इसका जवाब दे पाएँगे?

बीरबल ने मुसकराते हुए कहा, “इसका जवाब तो बहुत ही आसान है” और दरबार में एक भेड़ को लाकर कहा, “जितने इस भेड़ में बाल हैं, उतने ही आसमान में तारे हैं। अगर मानसिंहजी को अभी भी संदेह है, तो भेड़ के बाल और आसमान के तारे गिनकर तुलना कर सकते हैं।” बीरबल की चतुराई देखकर बादशाह अकबर मुसकराए और कहा, “क्यों मानसिंहजी, आप गिनकर तुलना करना चाहते हैं?”

“धरती का केंद्र कहाँ है?” मानसिंह ने पूछा।

मानसिंह का अगला सवाल सुनकर बीरबल ने तुरंत जवाब दिया, "जहाँ आप खड़े हैं, वही धरती का केंद्र है।" महाराजा अकबर और अन्य दरबारी बीरबल के जवाब को समझ नहीं पा रहे थे। फिर जहाँ मानसिंह खड़े थे, वहाँ बीरबल ने एक रेखा खींचकर लोहे की छड़ी गाड़ दी और कहा, "यही धरती का केंद्र है। अगर किसी को मेरी बात पर यकीन न हो, तो वह खुद धरती को माप सकता है।"

बीरबल की चतुराई देखकर मानसिंह सोच में पड़ गए। फिर मानसिंह ने एक पहेली को सुलझाने के लिए कहा। मानसिंह का तीसरा सवाल—

"एक परख है सुंदर मूरत, जो देखे वो उसी की सूरत,

फिक्र पहेली पाई न, बोझन लागा आई न।"

बीरबल पहेली को दोहराते हुए उसके बारे में गौर से सोचने लगे।

काफी सोचने के बाद बीरबल कहते हैं, "यह तो बहुत ही आसान पहेली है मानसिंहजी, इसका उत्तर तो पहेली में ही है। इसका उत्तर आईना है, जिसमें आईने के सामने खड़ा इनसान एक सुंदर मूरत है। आईने में उसे अपनी सूरत दिखाई देती है।"

बीरबल ने मानसिंह के सभी सवालों का जवाब बड़ी चतुराई से दिया, यह देखकर बादशाह अकबर बहुत खुश हुए और मानसिंह से कहा, "क्यों मानसिंहजी, आपको आपके सवालों का जवाब मिल गया न?"

□

सबसे बड़ी चीज

एक दिन बीरबल दरबार में उपस्थित नहीं थे। ऐसे में बीरबल से जलनेवाले सभी सभासद बीरबल के खिलाफ अकबर के कान भर रहे थे। अकसर ऐसा ही होता था, जब भी बीरबल दरबार में उपस्थित नहीं होते थे, तभी दरबारियों को मौका मिल जाता था। आज भी ऐसा ही मौका था।

बादशाह के साले मुल्ला दो प्याजा की शह पाए कुछ सभासदों ने कहा, "जहाँपनाह! आप वास्तव में बीरबल को आवश्यकता से अधिक मान देते हैं, हम लोगों से ज्यादा उन्हें चाहते हैं। आपने उन्हें बहुत सिर चढ़ा रखा है। जबकि जो काम वे करते हैं, वह हम भी कर सकते हैं। मगर आप हमें मौका ही नहीं देते।"

बादशाह को बीरबल की बुराई अच्छी नहीं लगती थी, अत: उन्होंने उन चारों की परीक्षा ली, "देखो, आज बीरबल तो यहाँ हैं नहीं और मुझे अपने एक सवाल का जवाब चाहिए। यदि तुम लोगों ने मेरे प्रश्न का सही-सही जवाब नहीं दिया तो मैं तुम चारों को फाँसी पर चढ़वा दूँगा।" बादशाह की बात सुनकर वे चारों घबरा गए।

उनमें से एक ने हिम्मत करके कहा, "प्रश्न बताइए, बादशाह सलामत?"

"संसार में सबसे बड़ी चीज क्या है? और अच्छी तरह सोच-समझकर जवाब देना, वरना मैं कह चुका हूँ कि तुम लोगों को फाँसी पर चढ़वा दिया जाएगा।" बादशाह अकबर ने कहा, "अटपटे जवाब हरगिज नहीं चलेंगे। जवाब एक हो और बिल्कुल सही हो।"

"बादशाह सलामत, हमें कुछ दिनों की मोहलत दी जाए!" उन्होंने सलाह करके कहा।

"ठीक है, तुम लोगों को एक सप्ताह का समय देता हूँ।" बादशाह ने कहा।

चारों दरबारी चले गए और दरबार से बाहर आकर सोचने लगे कि सबसे बड़ी चीज क्या हो सकती है?

एक दरबारी बोला, "मेरी राय में तो अल्लाह से बड़ा कोई नहीं।"

"अल्लाह कोई चीज नहीं है। कोई दूसरा उत्तर सोचो।" दूसरा बोला।

"सबसे बड़ी चीज है भूख, जो आदमी से कुछ भी करवा देती है।" तीसरे ने कहा।

"नहीं···नहीं, भूख भी बरदाश्त की जा सकती है।"

"फिर क्या है सबसे बड़ी चीज?" छह दिन बीत गए, लेकिन उन्हें कोई उत्तर नहीं सूझा। हारकर वे चारों बीरबल के पास पहुँचे और उन्हें पूरी घटना कह सुनाई, साथ ही हाथ जोड़कर विनती की कि प्रश्न का उत्तर बता दें।

बीरबल ने मुसकराकर कहा, "मैं तुम्हारे प्रश्न का उत्तर दूँगा, लेकिन मेरी एक शर्त है।"

"हमें आपकी हजार शर्तें मंजूर हैं।" चारों ने एक स्वर में कहा, "बस आप हमें इस प्रश्न का उत्तर बताकर हमारी जानबख्शी करवाएँ। बताइए, आपकी क्या शर्त है?"

"तुममें से दो अपने कंधों पर मेरी चारपाई रखकर दरबार तक ले चलोगे। एक मेरा हुक्का पकड़ेगा, एक मेरे जूते लेकर चलेगा।" बीरबल ने अपनी शर्त बताते हुए कहा।

यह सुनते ही वे चारों सन्नाटे में आ गए। उन्हें लगा, मानो बीरबल ने उनके गाल पर कसकर तमाचा मार दिया हो। मगर वे कुछ बोले नहीं। अगर मौत का खौफ न होता तो वे बीरबल को मुँहतोड़ जवाब देते, मगर इस समय मजबूर थे, अतः तुरंत राजी हो गए।

दो ने अपने कंधों पर बीरबल की चारपाई उठाई, तीसरे ने उनका हुक्का और चौथा जूते लेकर चल दिया। रास्ते में लोग आश्चर्य से उन्हें देख रहे थे। दरबार में बादशाह ने भी यह मंजर देखा और वहाँ मौजूद दरबारियों ने भी। कोई कुछ न समझ सका। तभी बीरबल बोले, "महाराज, दुनिया में सबसे बड़ी चीज है—गरज। अपनी गरज से ये पालकी यहाँ तक उठाकर लाए हैं।" बादशाह मुसकराकर रह गए। वे चारों सिर झुकाकर एक ओर खड़े हो गए। □

मोम का शेर

सालों पहले की बात है, जब राजा एक-दूसरे को पैगाम के साथ ही कुछ पहेलियाँ भी भेजा करते थे। ऐसे ही किसी एक राजा का दूत सर्दियों के मौसम में एक दिन मुगल साम्राज्य के बादशाह अकबर के दरबार में पहुँचा। वह अपने साथ पहेली के रूप में पिंजरे में कैद एक नकली शेर लेकर गया था। राजा ने पहेली के साथ एक पैगाम भी भेजा था। पैगाम में लिखा था कि क्या मुगल राज्य में कोई ऐसा बुद्धिमान है, जो पिंजरे और शेर को छुए बिना शेर को बाहर निकाल सके। अब मुगल सम्राट् अकबर सोच में पड़ गए कि आखिर शेर और पिंजरे को हाथ लगाए बिना भला शेर को कैसे बाहर निकाला जा सकता है! पहेली के साथ भेजे गए पैगाम में यह भी साफ लिखा था कि पिंजरे से शेर को बाहर निकालने के लिए एक व्यक्ति को एक ही बार मौका मिलेगा।

अकबर काफी परेशान हो गए। उन्हें लगा कि यह तो बहुत मुश्किल है और अगर शेर को पिंजरे से बाहर नहीं निकाल पाए, तो मुगल राज्य की काफी बदनामी भी होगी। ये सब सोचते-सोचते उन्होंने दरबार में मौजूद सभी की तरफ देखते हुए पूछा, "है कोई, जो इस पहेली को सुलझा सके?" लेकिन हर कोई इसी सोच में डूबा था कि आखिर यह संभव कैसे हो सकता है! अकबर के पूछने पर जब किसी ने जवाब नहीं दिया, तो उन्हें अपने वजीर बीरबल की याद आने लगी, जो सभा में मौजूद नहीं थे। उन्होंने तुरंत दरबान को भेजकर बीरबल को दरबार में हाजिर होने का आदेश भिजवाया, लेकिन अफसोस, बीरबल किसी सरकारी काम से राज्य से बाहर गए हुए थे।

रात भर अकबर इसी सोच में डूबे रहे कि आखिर पहेली को कैसे सुलझाया जाए। दूसरे दिन फिर दरबार लगा, लेकिन बीरबल की कुरसी खाली देखकर अकबर उदास हो गए। बादशाह ने एक बार फिर दरबारियों से पूछा, "क्या किसी के पास इस शेर को पिंजरे से बाहर निकालने की कोई तरकीब है।" इतने में एक दरबान अकबर के सामने आया और उसने शेर को पिंजरे से निकालने की कोशिश की, लेकिन वह नाकामयाब रहा। दूसरे दरबान ने पहेली को सुलझाने के लिए एक जादूगर को बुलवाया, लेकिन वह भी विफल रहा।

कोशिश करते-करते शाम होने को आई, तभी बीरबल दरबार में पहुँच गए। अकबर को परेशान देखकर बीरबल ने पूछा, "क्या बात है सम्राट्! आप इतने परेशान क्यों हैं?" बादशाह ने तुरंत शेर से जुड़ी पहेली के बारे में बीरबल को सबकुछ बताया। अकबर ने बीरबल से पूछा, "क्या तुम इस शेर को पिंजरे से बाहर निकाल सकते हो?" बीरबल ने कहा, "हाँ, मैं कोशिश कर सकता हूँ।" अकबर बहुत खुश हुए, क्योंकि मुगल सम्राज्य में बीरबल के जैसा बुद्धिमान और चतुर दूसरा कोई नहीं था।

शेर को पिंजरे से बाहर निकालने के लिए बीरबल ने अकबर से कहा कि उन्हें दो सुलगती हुई लोहे की छड़ व सरिए की आवश्यकता है। शहंशाह ने तुरंत इसकी व्यवस्था करने को कहा। जैसे ही बीरबल को लोहे की छड़ मिली, तो उन्होंने पिंजरे को छुए बिना छड़ को अंदर पहुँचाकर उसे नकली शेर पर रख दिया। शेर लोहे की गरम छड़ के स्पर्श में आते ही पिघलने लग गया, क्योंकि वह मोम का शेर था। देखते-ही-देखते पूरा शेर मोम के रूप में पिंजरे से बाहर निकल गया।

बीरबल की इस अकलमंदी पर अकबर बहुत प्रसन्न हुए। उन्होंने बीरबल से पूछा, "अरे! आखिर तुम्हें पता कैसे चला कि इस पिंजरे के अंदर मोम का शेर कैद है?" बीरबल ने बड़ी ही नम्रता से जवाब दिया, "हुजूर, बस शेर को गौर से देखने की जरूरत थी। मैंने जब पहेली के बारे में जानने के बाद उसे गौर से देखा, तो लगा कि यह मोम का शेर हो सकता है। साथ ही राजा ने यह भी नहीं बताया था कि शेर को कैसे बाहर निकालना है, तो मैंने उसे पिघलाकर बाहर निकाल दिया।"

इधर, दरबार में बीरबल की जय-जयकार होने लगी। उधर, पहेली लेकर अकबर के दरबार पहुँचा राजदूत अपने राज्य वापस लौट गया और बीरबल के इस कारनामे के बारे में राजा को बताया। कहा जाता है कि उस दिन के बाद से राजा ने ऐसी पहेली भेजना छोड़ दिया था।

□

किसका पानी अच्छा

एक बार अकबर ने भरे दरबार में अपने दरबारियों से पूछा, "बताओ, किस नदी का पानी सबसे अच्छा है?"

सभी दरबारियों ने एकमत से उत्तर दिया, "गंगा का पानी सबसे अच्छा होता है।"

लेकिन बादशाह के प्रश्न का उत्तर बीरबल ने नहीं दिया। उसे मौन देखकर बादशाह बोले, "बीरबल, तुम चुप क्यों हो?"

बीरबल बोले, "बादशाह हुजूर, सबसे अच्छा पानी यमुना नदी का होता है।"

बीरबल का यह उत्तर सुनकर बादशाह को बड़ी हैरानी हुई और बोले, "तुमने ऐसा किस आधार पर कहा है, जबकि तुम्हारे धर्मग्रंथों में गंगा नदी के पानी को सबसे शुद्ध व पवित्र बताया गया है और तुम कह रहे हो कि यमुना नदी का पानी सबसे अच्छा होता है!"

बीरबल ने कहा, "हुजूर, मैं भला पानी की तुलना अमृत के साथ कैसे कर सकता हूँ। गंगा में बहनेवाला पानी केवल पानी नहीं, बल्कि अमृत है, इसीलिए मैंने कहा था कि पानी यमुना का सबसे अच्छा है।" बादशाह और सभी दरबारी निरुत्तर हो गए और उन्हें मानना पड़ा कि बीरबल सही कह रहे हैं।

□

कुएँ का पानी

एक किसान बहुत परेशान था। उसे अपने खेतों को सींचने के लिए पानी की जरूरत थी। इसलिए वह कई दिनों से अपनी जमीन के आसपास किसी कुएँ की तलाश कर रहा था। इस तलाश में वह घूम ही रहा था कि अचानक उसे एक कुआँ दिखा। यह कुआँ उसके खेतों के बहुत नजदीक था, इसलिए किसान बहुत खुश हुआ। उसने सोचा कि अब उसकी परेशानी खत्म हो गई। यह सोचकर वह खुशी-खुशी घर चला गया।

अगले दिन वह पानी लेने कुएँ पर पहुँचा। जैसे ही उसने कुएँ के नजदीक रखी बालटी कुएँ में डाली, वहाँ एक आदमी आ धमका। वह किसान से बोला, "यह कुआँ मेरा है। तुम इससे पानी नहीं ले सकते। अगर तुम इस कुएँ से पानी लेना चाहते हो, तो तुम्हें इस कुएँ को खरीदना होगा।"

यह बात सुनकर किसान कुछ देर रुका और फिर मन-ही-मन सोचने लगा कि अगर मैं इस कुएँ को खरीद लूँ, तो मुझे कभी पानी की कमी नहीं होगी और न ही मुझे पानी के लिए इधर-उधर भटकना पड़ेगा। फिर क्या था, दोनों के बीच एक रकम तय हुई। किसान के पास उतने पैसे तो थे नहीं, लेकिन वह यह मौका छोड़ना नहीं चाहता था, इसलिए किसान ने उस आदमी को अगले दिन वह रकम देने का वादा किया और घर की ओर चल दिया।

किसान के लिए कुआँ खरीदने का यह अच्छा मौका था, इसलिए वह इस काम में जरा भी देरी नहीं करना चाहता था। घर पहुँचते ही उसने अपने करीबियों और दोस्तों से इस बारे में बात की और कुएँ के लिए तय हुई रकम का इंतजाम करने में जुट गया। थोड़ी भागदौड़ और कोशिश के बाद आखिरकार उसने वह

रकम जमा कर ली। अब वह पूरी तरह से निश्चिंत हो चुका था कि उसे कुआँ खरीदने से कोई नहीं रोक सकता।

जमा हुए पैसों को लेकर वह फिर घर चल दिया। उसे बड़ी बेसब्री से इंतजार था कि कब रात खत्म होगी और वह कुआँ खरीदने जाएगा। इसी सोच में वह पूरी रात सो नहीं सका। अगले दिन सुबह होते ही वह कुआँ खरीदने निकल पड़ा।

उस आदमी के घर पहुँच किसान ने उसके हाथ पर पैसे रखे और कुएँ को खरीद लिया। अब तो कुआँ किसान का हो गया था तो उसने पानी निकालने में देर नहीं की। जैसे ही किसान ने कुएँ से पानी निकालने के लिए बालटी उठाई, वह आदमी फिर बोला, "ठहरो, तुम इस कुएँ से पानी नहीं निकाल सकते। मैंने तुम्हें कुआँ बेचा है, कुएँ का पानी अभी भी मेरा है।" किसान मायूस हो गया और न्याय के लिए राजा के दरबार में शिकायत करने पहुँच गया।

मालूम है, उस राजा का नाम क्या था? राजा अकबर। राजा अकबर ने उस किसान की पूरी कहानी सुनी और फिर उस आदमी को दरबार में बुलाया, जिसने वह कुआँ बेचा था। राजा का फरमान सुनते ही वह आदमी भागा-भागा दरबार में हाजिर हो गया। राजा ने उससे पूछा, "जब तुमने इस किसान को अपना कुआँ बेच दिया, तो फिर इसे पानी क्यों नहीं लेने दे रहे हो?"

आदमी बोला, "महाराज, मैंने इसे केवल कुआँ बेचा था, पानी नहीं।" यह बात सुनकर राजा भी सोच में पड़ गए। उन्होंने कहा कि "बात तो यह पते की कह रहा है कि कुआँ बेचा है, पानी तो नहीं।" काफी देर सोचने के बाद जब इस समस्या को सुलझाने में वह नाकाम हो गए, तो उन्होंने बीरबल को बुलाया।

बीरबल बहुत ही बुद्धिमान था, इसलिए राजा अकबर किसी भी मामले पर फैसला लेने से पहले उसकी राय जरूर लेते थे। बीरबल ने एक बार फिर दोनों से उनकी समस्या पूछी। पूरी बात जानने के बाद बीरबल ने उस आदमी से कहा, "ठीक है, तुमने कुआँ बेचा, पानी नहीं; फिर तुम्हारा पानी किसान के कुएँ में क्या कर रहा है? कुआँ तुम्हारा नहीं है, फौरन अपने पानी को कुएँ से बाहर निकालो!" बीरबल के इतना कहते ही उस आदमी को समझ आ गया कि अब उसकी चालाकी किसी काम नहीं आनेवाली। उसने राजा से फौरन माफी माँगी और माना कि कुएँ के साथ उसके पानी पर भी किसान का पूरा अधिकार है।

यह देखकर राजा अकबर ने बीरबल की बुद्धिमानी की तारीफ की और कुआँ बेचनेवाले आदमी पर धोखेबाजी के लिए जुरमाना लगाया। □

हुजूर का दिया

सर्दियाँ खत्म हो रही थीं और सूर्य की किरणों की गरमी बढ़ने लगी थी। माहौल बड़ा सुखद प्रतीत हो रहा था। ऐसे में बीरबल और अकबर अपने अपने घोड़ों पर सवार होकर कुदरत के नजारे देखने को निकल पड़े।

चारों ओर की सुंदरता को देखकर बादशाह के मुँह से निकल पड़ा, "भाई अस्क पेदार शूमस्त (शूमा हस्त)।"

इन शब्दों के दो अर्थ थे—पहला अर्थ फारसी में था कि यह घोड़ा तुम्हारे बाप का है और दूसरा अर्थ था कि यह घोड़ा तुम्हारा बाप है।

बीरबल तुरंत समझ गए कि बादशाह क्या कहना चाहते हैं। वे बोले, "दाद-ए-हुजूरस्त।"

इसका अर्थ था कि "यह हुजूर का दिया है।"

बीरबल का जवाब सुनकर बादशाह के पास कहने को कुछ भी नहीं बचा था। जैसे को तैसा जवाब बीरबल ने दिया।

□

बच्चों का खेल नहीं

एक दिन बीरबल दरबार में देर से पहुँचे। जब बादशाह ने देरी का कारण पूछा तो उन्होंने बताया, "मैं क्या करता हुजूर! मेरे बच्चे आज जोर-जोर से रोकर कहने लगे कि दरबार में न जाऊँ। किसी तरह उन्हें बहुत मुश्किल से समझा पाया कि मेरा दरबार में हाजिर होना कितना जरूरी है। इसी में मुझे काफी समय लग गया और इसीलिए मुझे आने में देर हो गई।"

बादशाह को लगा कि बीरबल बहानेबाजी कर रहे हैं। बीरबल के इस उत्तर से बादशाह को तसल्ली नहीं हुई। वे बोले, "मैं तुमसे सहमत नहीं हूँ। किसी भी बच्चे को समझाना इतना मुश्किल नहीं, जितना तुमने बताया। इसमें इतनी देर तो लग ही नहीं सकती।"

बीरबल हँसते हुए बोले, "हुजूर! बच्चे को गुस्सा करना या डपटना तो बहुत सरल है। लेकिन किसी बात को विस्तार से समझा पाना बेहद कठिन।"

बादशाह अकबर बोले, "मूर्खों जैसी बात मत करो। मेरे पास कोई भी बच्चा लेकर आओ, मैं तुम्हें दिखाता हूँ कि कितना आसान है यह काम।"

"ठीक है जहाँपनाह!" बीरबल बोले, "मैं खुद ही बच्चा बन जाता हूँ और वैसा ही व्यवहार करता हूँ। तब आप एक पिता की भाँति मुझे संतुष्ट करके दिखाएँ।"

फिर बीरबल ने छोटे बच्चे की तरह बरताव करना शुरू कर दिया। उन्होंने तरह-तरह के मुँह बनाकर बादशाह अकबर को चिढ़ाया और किसी छोटे बच्चे की तरह दरबार में यहाँ-वहाँ उछलने-कूदने लगे।

उन्होंने अपनी पगड़ी जमीन पर फेंक दी। फिर वे जाकर बादशाह अकबर की गोद में बैठ गए और लगे उनकी मूँछों से छेड़छाड़ करने।

बादशाह कहते ही रह गए, "नहीं···नहीं, मेरे बच्चे! ऐसा मत करो। तुम तो अच्छे बच्चे हो न!" सुनकर बीरबल ने जोर-जोर से चिल्लाना शुरू कर दिया।

तब बादशाह अकबर ने कुछ मिठाइयाँ लाने का आदेश दिया, लेकिन बीरबल जोर-जोर से चिल्लाते ही रहे।

अब बादशाह परेशान हो गए, लेकिन उन्होंने धैर्य बनाए रखा।

वे बोले, "बेटा! खिलौनों से खेलोगे? देखो, कितने सुंदर खिलौने हैं!"

बीरबल रोता हुआ बोला, "नहीं, मैं तो गन्ना खाऊँगा।"

बादशाह अकबर मुसकराए और गन्ना लाने का आदेश दिया।

थोड़ी ही देर में एक सैनिक कुछ गन्ने लेकर आ गया। लेकिन बीरबल का रोना नहीं थमा। वे बोले, "मुझे बड़ा गन्ना नहीं चाहिए, छोटे-छोटे टुकड़े में कटा गन्ना दो।"

बादशाह अकबर ने एक सैनिक को बुलाकर कहा कि वह एक गन्ने के छोटे-छोटे टुकड़े कर दे। यह देखकर बीरबल और जोर से रोते हुए बोले, "नहीं, सैनिक गन्ना नहीं काटेगा। आप खुद काटें इसे।"

अब बादशाह का मिजाज बिगड़ गया। लेकिन उनके पास गन्ना काटने के अलावा और कोई चारा न था। और करते भी क्या? खुद अपने ही बिछाए जाल में फँस गए थे वे।

गन्ने के टुकड़े करने के बाद उन्हें बीरबल के सामने रखते हुए अकबर बोले, "लो, इसे खा लो बेटा!"

अब बीरबल ने बच्चे की भाँति मचलते हुए कहा, "नहीं, मैं तो पूरा गन्ना ही खाऊँगा।"

बादशाह ने एक साबुत गन्ना उठाया और बीरबल को देते हुए बोले, "लो, पूरा गन्ना और रोना बंद करो।"

लेकिन बीरबल रोता हुआ ही बोला, "नहीं, मुझे तो इन छोटे टुकड़ों से ही साबुत गन्ना बनाकर दो।"

"कैसी अजब बात करते हो तुम! यह भला कैसे संभव है?" बादशाह के स्वर में क्रोध भरा था।

लेकिन बीरबल रोते ही रहे। बादशाह का धैर्य जवाब दे गया। बोले, "यदि तुमने रोना बंद नहीं किया तो मार पड़ेगी अब।"

अब बच्चे का अभिनय करता बीरबल उठ खड़ा हुआ और हँसता हुआ बोला, "नहीं··नहीं! मुझे मत मारो हुजूर! अब आपको पता चला कि बच्चे की बेतुकी जिदों को शांत करना कितना मुश्किल काम है?"

बीरबल की बात से सहमत थे अकबर, बोले, "हाँ, ठीक कहते हो। रोते-चिल्लाते, जिद पर अड़े बच्चे को समझाना बच्चों का खेल नहीं।"

□

टेढ़ा सवाल

एक दिन अकबर और बीरबल वन-विहार के लिए गए। एक टेढ़े पेड़ की ओर इशारा करके अकबर ने बीरबल से पूछा, "यह दरख्त टेढ़ा क्यों है?" बीरबल ने जवाब दिया, "यह इसलिए टेढ़ा है, क्योंकि यह जंगल के तमाम दरख्तों का साला है।" बादशाह ने पूछा, "तुम ऐसा कैसे कह सकते हो?" बीरबल ने कहा, "दुनिया में यह बात मशहूर है कि कुत्ते की दुम और साले हमेशा टेढ़े होते हैं।" अकबर ने पूछा, "क्या मेरा साला भी टेढ़ा है?" बीरबल ने फौरन कहा, "बेशक जहाँपनाह!" अकबर ने कहा, "फिर मेरे टेढ़े साले को फाँसी पर चढ़ा दो!"

एक दिन बीरबल ने फाँसी लगाने के लिए तीन तक्ते बनवाए—एक सोने का, एक चाँदी का और एक लोहे का। उन्हें देखकर अकबर ने पूछा, "तीन तख्ते किसलिए?" बीरबल ने कहा, "गरीबनवाज, सोने का आपके लिए, चाँदी का मेरे लिए और लोहे का तख्ता सरकारी साले साहब के लिए।" अकबर ने अचरज से पूछा, "मुझे और तुम्हें फाँसी किसलिए?" बीरबल ने कहा, "क्यों नहीं जहाँपनाह! आखिर हम भी तो किसी के साले हैं।" बादशाह अकबर हँस पड़े, सरकारी साले साहब की जान-में-जान आई। वह बाइज्जत बरी हो गया। □

तीन उत्तर

अकबर के प्रश्नों और बीरबल के जवाबों से जुड़े किस्से काफी प्रचलित हैं। कहते हैं कि बीरबल बहुत बुद्धिमान थे। अकबर के सवालों के सटीक जवाब बीरबल के पास होते थे। आइए, पढ़ते हैं इन दोनों का ऐसा ही एक रोचक किस्सा, जिसमें अकबर ने बीरबल से ईश्वर से जुड़े तीन प्रश्न पूछे थे। वे तीन प्रश्न थे—

1. ईश्वर कहाँ रहता है ?
2. ईश्वर कैसे मिलता है ?
3. ईश्वर करता क्या है ?

जब अकबर ने ये प्रश्न पूछे तो बीरबल बहुत अचंभित हुए और उन्होंने कहा कि इन प्रश्नों के उत्तर वह कल बताएगा।

यह कहकर बीरबल अपने घर लौट आए। बीरबल इन प्रश्नों को लेकर बहुत चिंतित थे। बीरबर के पुत्र ने चिंता का कारण पूछा तो बीरबल ने अकबर के तीन प्रश्न बता दिए।

बीरबल के पुत्र ने कहा कि वह खुद कल दरबार में बादशाह को इन तीनों प्रश्नों के जवाब देगा।

अगले दिन बीरबल अपने पुत्र के साथ दरबार में पहुँच गए और बादशाह अकबर से बोला कि आपके तीनों प्रश्नों के जवाब तो मेरा पुत्र भी दे सकता है।

अकबर ने कहा, "ठीक है। बताओ, ईश्वर कहाँ रहता है ?"

इस प्रश्न के जवाब के लिए बीरबल के पुत्र ने दूध मँगाया, जिसमें चीनी

मिली हुई थी। उसने वह दूध अकबर को दिया और कहा, "चखकर बताइए कि दूध कैसा है?"

अकबर ने चखकर बताया कि दूध मीठा है।

तब बीरबल के पुत्र ने कहा, "इसमें चीनी दिख रही है?"

अकबर ने कहा, "नहीं, इसमें चीनी तो नहीं दिख रही है। वह तो दूध में घुल गई है।"

बीरबल के पुत्र ने कहा, "जहाँपनाह, ठीक इसी तरह ईश्वर भी संसार की हर चीज में घुला हुआ है, लेकिन दूध में घुली हुई चीनी की तरह दिखाई नहीं देता है।"

अकबर जवाब से संतुष्ट हो गया।

अकबर ने दूसरा प्रश्न पूछा, "ईश्वर कैसे मिलता है?"

इस प्रश्न का जवाब देने के लिए बीरबल के पुत्र ने दही मँगवाया।

बीरबल के पुत्र ने अकबर को दही देते हुए कहा, "जहाँपनाह, इसमें मक्खन दिखाई दे रहा है?"

अकबर ने कहा, "दही में मक्खन तो है, लेकिन दही मथने पर ही मक्खन दिखाई देगा।"

बीरबल के पुत्र ने कहा, "जी जहाँपनाह, ठीक इसी प्रकार ईश्वर भी मन का मंथन करने पर ही मिल सकते हैं।"

अकबर इस जवाब से भी संतुष्ट हो गया।

अकबर ने तीसरा प्रश्न पूछा, "ईश्वर करता क्या है?"

बीरबल के पुत्र ने कहा, "जहाँपनाह, इस प्रश्न के जवाब के लिए आपको मुझे गुरु मानना होगा।"

अकबर ने कहा, "ठीक है। अब से तुम मेरे गुरु और मैं तुम्हारा शिष्य।"

बीरबल के पुत्र ने कहा, "गुरु हमेशा ऊँचे स्थान पर बैठता है और शिष्य हमेशा नीचे बैठता है।"

अकबर तुरंत ही अपने सिंहासन से उठ गया और बीरबल के पुत्र को सिंहासन पर बैठाकर खुद नीचे बैठ गया।

सिंहासन पर बैठते ही बीरबल के पुत्र ने कहा, "जहाँपनाह, यही आपके तीसरे प्रश्न का जवाब है। ईश्वर राजा को रंक बनाता है और रंक को राजा बना देता है।"

अकबर इस जवाब से भी संतुष्ट हो गया।

□

कितनी माताएँ

एक बार अकबर–बीरबल हमेशा की तरह टहलने जा रहे थे। रास्ते में एक तुलसी का पौधा दिखा तो मंत्री बीरबल ने झुककर प्रणाम किया।

अकबर ने पूछा, "कौन है ये?"

बीरबल, "ये मेरी माता हैं।"

अकबर ने तुलसी के झाड़ को उखाड़कर फेंक दिया और बोला, "कितनी माता हैं तुम लोगों की?"

बीरबल को उसका जवाब देने की एक तरकीब सूझी। आगे एक बिच्छूपत्ती (खुजलीवाला) झाड़ मिला। बीरबल ने उसे दंडवत् प्रणाम कर कहा, "जय हो बाप मेरे।"

अकबर को गुस्सा आया और दोनों हाथों से झाड़ को उखाड़ने लगा। इतने में अकबर को भयंकर खुजली होने लगी तो अकबर बोला, "बीरबल, ये क्या हो गया?"

बीरबल ने कहा, "आपने मेरी माँ को मारा इसलिए ये गुस्सा हो गए।"

अकबर जहाँ भी हाथ लगाता, खुजली होने लगती, तब उन्होंने बोला कि "बीरबल, जल्दी ही कोई उपाय बताओ!"

बीरबल बोला, "उपाय तो है, लेकिन वह भी हमारी माँ है तथा उससे ही विनती करनी पड़ेगी।"

अकबर बोला, "जल्दी करो।"

आगे गाय खड़ी थी। बीरबल ने कहा, "गाय से विनती करो कि हे माता, दवाई दो।"

गाय ने गोबर कर दिया और अकबर के शरीर पर उसका लेप करने से फौरन खुजली से राहत मिल गई।

अकबर बोला, "बीरबल, अब क्या हम राजमहल में ऐसे ही जाएँगे?"

बीरबल ने कहा, "नहीं बादशाह, हमारी एक और माँ है। सामने ही गंगा बह रही है। आप बोलिए—'हर-हर गंगे', 'जय गंगा मइया की' और कूद जाइए।"

नहाकर अपने आप को तरोताजा महसूस करते हुए अकबर ने बीरबल से कहा कि "ये तुलसी माता, गौमाता, गंगा माता तो जगन्माता हैं। इनको माननेवालों को ही 'हिंदू' कहते हैं।"

□

आदमी एक, रूप तीन

एक बार बादशाह अकबर ने बीरबल से पूछा, "क्या तुम हमें तीन तरह की खूबियाँ एक ही आदमी में दिखा सकते हो?"

"जी हुजूर, पहली तोते की, दूसरी शेर की, तीसरी गधे की। परंतु आज नहीं, कल।" बीरबल ने कहा।

"ठीक है, तुम्हें कल का समय दिया जाता है।" बादशाह ने इजाजत देते हुए कहा।

अगले दिन बीरबल एक व्यक्ति को पालकी में डालकर लाया और उसे पालकी से बाहर निकाला। फिर उस आदमी को शराब का एक पैग दिया। शराब पीकर वह आदमी डरकर बादशाह से विनती करने लगा, "हुजूर! मुझे माफ कर दो! मैं बहुत गरीब आदमी हूँ।"

बीरबल ने बादशाह को बताया, "यह तोते की बोली है।"

कुछ देर बाद उस आदमी को एक पैग और दिया तो वह नशे में बादशाह से बोला, "अरे जाओ, तुम दिल्ली के बादशाह हो तो क्या, हम भी अपने घर के बादशाह हैं। हमें ज्यादा नखरे मत दिखाओ।"

बीरबल ने बताया, "यह शेर की बोली है।" कुछ देर बाद उस आदमी को एक पैग और दिया तो वह नशे में एक तरफ गिर गया और नशे में ऊटपटाँग बड़बड़ाने लगा।

बीरबल ने उसे एक लात लगाते हुए बादशाह से कहा, "हुजूर, यह गधे की बोली है।"

बादशाह बहुत खुश हुए। उन्होंने बीरबल को बहुत सा इनाम दिया। □

मूर्ख के सामने चुप रहना ही श्रेयस्कर है

एक बार बादशाह अकबर के उस्ताद पीर साहब मक्का से चलकर दिल्ली आए। रास्ता न जानने की वजह से उन्हें बड़ी मुश्किलों का सामना करना पड़ा था। बादशाह अकबर ने उनकी बड़ी आवभगत की। कुछ दिन आनंद लेकर पीर साहब मक्का लौट गए।

जब पीर साहब चले गए तो बादशाह अकबर ने बीरबल से पूछा, "बीरबल! क्या तुम्हारे भी कोई गुरु हैं, जैसे कि मेरे पीर साहब हैं? यदि हैं तो वे कहाँ रहते हैं, कभी आते-जाते भी हैं या नहीं?"

बीरबल ने जवाब दिया, "जहाँपनाह! मेरे भी गुरु हैं, लेकिन वे बाहर रहते हैं, कहीं आते-जाते नहीं। हाल ही में मैंने सुना है कि मेरे गुरुदेव किसी को कुछ बताते भी नहीं और कभी किसी से एक पैसा भी नहीं लेते। रुपए-पैसे का उन्हें लोभ नहीं है।"

यह सुनकर बीरबल के गुरु के प्रति बादशाह अकबर के मन में श्रद्धा उत्पन्न हुई और उन्होंने बीरबल से अपने गुरु से मिलवाने का आग्रह किया।

बादशाह अकबर से बातें करके जब बीरबल रास्ते पर चल रहे थे तो उन्होंने देखा कि लकड़ी बेचनेवाले एक बूढ़े ने परिश्रम करके लकड़ियों का एक गट्ठर बाँधा हुआ है। वह सुबह से शाम तक इधर-उधर भटका, पर किसी ने भी उसे उचित मूल्य देकर वह गट्ठर नहीं खरीदा। लाचार होकर बूढ़ा लकड़हारा गट्ठर अपने घर वापस लिये जा रहा था।

पहले तो बीरबल ने उस लकड़ी बेचनेवाले से लकड़ियों के उस गट्ठर का

मूल्य पूछा, फिर उसे अपने घर ले गए और उससे बोले, "मालूम होता है कि तुम समय के कुचक्र में फँसकर इस दीन अवस्था में पहुँचे हो।"

बीरबल ने उसे अच्छे साफ-सुथरे वस्त्रों और काली जटा इत्यादि से युक्त ब्राह्मण साधु बना दिया और उसके हाथ में रुद्राक्ष की माला दे दी। फिर एक बड़े मंदिर के पीछे मृगचर्म के आसन पर बैठाकर उससे बोला, "तुमसे मिलने बड़े-बड़े अमीर-उमराव आएँगे, पर उनसे तुम बिल्कुल मत बोलना। तुम्हें कितनी ही बहुमूल्य वस्तुएँ वे क्यों न दिखाएँ, पर तुम उनकी तरफ आँख भी मत उठाना। तुमसे जो कुछ भी पूछें, उसका जवाब मत देना। बस अपने ध्यान में रहना और सिर्फ माला फेरते रहना। ध्यान रहे, यदि इसके अलावा तुमने कोई भी हरकत की तो तुम्हारी खैर नहीं, क्योंकि मैं तुम्हारी हरकतों को देखता रहूँगा।"

बूढ़े लकड़हारे ने बीरबल की बातों को स्वीकार कर लिया। जब बीरबल को यकीन हो गया कि वह भलीभाँति स्वाँग कर सकता है, तब वह बादशाह अकबर के पास दरबार में गए। दरबार में उस समय सभी दरबारी उपस्थित थे। बीरबल ने बादशाह अकबर को अपने गुरु के आने की शुभ सूचना दी और कहा, "पहले तो गुरुदेव ने दर्शन देने से इनकार किया, पर मेरे खुशामद करने पर वे पधारे हैं, और मंदिर के पिछले हिस्से में आसन जमाए हुए हैं। उन्होंने आप लोगों को दर्शन देना भी स्वीकार कर लिया है। लेकिन मुझे साथ आने को मना कर दिया है। यदि मैं हठ करके जाऊँगा तो हो सकता है, वे मुझे शाप दे दें। अतः आप और लोगों के साथ उनके दर्शन के लिए जा सकते हैं।"

बीरबल को छोड़कर बादशाह अकबर के साथ सभी दरबारी गुरुदेव के दर्शन के लिए गए। बादशाह अकबर ने गुरुदेव के सामने जाकर सादर मस्तक झुकाया। फिर बैठकर उनसे पूछा, "गुरुजी! अपना निवास-स्थान तथा शुभ नाम इस दास को भी बताने की कृपा करें।"

गुरुदेव भी किसी ऐसे-वैसे के चेले नहीं थे। अतः वे बादशाह अकबर की बातें सुनी-अनसुनी करके अपने ध्यान में ही रहे।

बादशाह अकबर फिर बोले, "भगवन! मैं पूरे हिंदुस्तान का बादशाह हूँ और आपकी प्रत्येक इच्छा पूर्ण करने में समर्थ हूँ। आप कृपा करके एक बार मेरी ओर नजर उठाकर देख लें तो मैं आपको धन्य समझूँगा।"

इस पर भी जब गुरुदेव ने ध्यान नहीं दिया तो बादशाह अकबर ने दस हजार

रुपए मूल्य का कड़ा, जिसे वह स्वयं पहने हुए थे, हाथ से उतारकर गुरुदेव के चरणों में यह सोचकर रख दिया कि लालच में शायद कुछ आशीर्वाद देकर इस बहुमूल्य कड़े को स्वीकार कर लें। परंतु जब कुछ नतीजा न निकला तो निराश होकर बादशाह अकबर वहाँ से उठ खड़े हुए और बोले, "जो आदमी अतिथि के साथ ऐसा व्यवहार करे, उस कठोर हृदय से बातें करना भी मूर्खता है।"

बादशाह अकबर को क्या पता था कि ऐसे मूर्ख से सामना होगा। उन्होंने वह कड़ा बीरबल के यहाँ भिजवा दिया, क्योंकि दान की वस्तु बादशाह के महल में कैसे आ सकती थी?

अगले दिन गुरुदेव का सारा हाल सुनाकर बादशाह अकबर ने बीरबल से पूछा, "मूर्ख मिले तो क्या करना चाहिए?"

बीरबल बोले, "उस समय चुप रहना ही अच्छा है।"

बीरबल के इस जवाब से बादशाह अकबर की रही-सही मर्यादा पर भी पानी पड़ गया। उनका विचार था कि ऐसी बात कहकर वह बीरबल के गुरु को मूर्ख साबित करेंगे, पर उलटे खुद मूर्ख बने।

बादशाह अकबर को चुप देखकर बीरबल बोले, "जब मैंने पहले ही उनका स्वभाव आपको बता दिया था कि उन्हें रुपए-पैसे का लालच नहीं है, वे कभी किसी के दरवाजे पर नहीं जाते, और मेरे कहने पर बड़ी मुश्किल से तो वे मिलने को राजी हुए थे, फिर आपने उन्हें लालच क्यों दिया? आपने अपशब्द कहकर गुरु का अपमान किया है। आपको धन-दौलत का घमंड है, इसलिए वे आपसे नहीं बोले।"

बीरबल की बात सुनकर अकबर बहुत लज्जित हुए।

□

जोरू का गुलाम

बादशाह अकबर और बीरबल बातें कर रहे थे। बात मियाँ–बीवी के रिश्ते पर चल निकली तो बीरबल ने कहा, "अधिकतर मर्द जोरू के गुलाम होते हैं और अपनी बीवी से डरते हैं।"

"मैं नहीं मानता।" बादशाह ने कहा।

"हुजूर, मैं सिद्ध कर सकता हूँ।" बीरबल ने कहा।

"सिद्ध करो।"

"ठीक है, आप आज ही से आदेश जारी करें कि किसी के भी अपने बीवी से डरने की बात साबित हो जाती है तो उसे एक मुरगा दरबार में बीरबल के पास जमा करना होगा।"

बादशाह ने आदेश जारी कर दिया।

कुछ ही दिनों में बीरबल के पास ढेरों मुरगे जमा हो गए, तब उसने बादशाह से कहा, "हुजूर, अब तो इतने मुरगे जमा हो गए हैं कि आप मुरगीखाना खोल सकते हैं। अत: अपना आदेश वापस ले लें।"

बादशाह को न जाने क्या मजाक सूझा कि उन्होंने अपना आदेश वापस लेने से इनकार कर दिया। खीजकर बीरबल लौट गया। अगले दिन बीरबल दरबार में आया तो बादशाह अकबर से बोला, "हुजूर, विश्वसनीय सूत्रों से पता चला है कि पड़ोसी राजा की पुत्री बेहद खूबसूरत है, आप कहें तो आपके विवाह का प्रस्ताव भेजूँ?"

"यह क्या कह रहे हो तुम, कुछ तो सोचो, जनानाखाने में पहले ही दो हैं, अगर उन्होंने सुन लिया तो मेरी खैर नहीं।" बादशाह ने कहा।

"हुजूर, दो मुरगे आप भी दे दें।" बीरबल ने कहा।

बीरबल की बात सुनकर बादशाह झेंप गए। उन्होंने तुरंत अपना आदेश वापस ले लिया।

□

किसका अफसर

एक बार वजीर अबुल फजल ने बादशाह अकबर के सामने बीरबल से कहा, "बीरबल, तुम्हें बादशाह अकबर ने सूअर और कुत्तों का अफसर नियुक्त किया है।"

इस पर बीरबल ने कहा, "बहुत खूब, तब तो आपको भी मेरी आज्ञा में रहना पड़ेगा।"

यह सुनते ही बादशाह अकबर हँस पड़े और वजीर अबुल फजल ने लज्जित होकर अपना सिर झुका लिया।

□

सबसे बड़ा हथियार

बादशाह अकबर और बीरबल के बीच कभी-कभी ऐसी बातें भी हुआ करती थीं, जिनकी परख करने में जान का खतरा रहता था। एक बार बादशाह अकबर ने बीरबल से पूछा, "बीरबल, संसार में सबसे बड़ा हथियार कौन सा है ?"

"बादशाह सलामत! संसार में सबसे बड़ा हथियार है—आत्मविश्वास।" बीरबल ने जवाब दिया।

बादशाह अकबर ने बीरबल की इस बात को सुनकर अपने दिल में रख लिया और किसी समय इसकी परख करने का निश्चय किया।

दैवयोग से एक दिन एक हाथी पागल हो गया। ऐसे में हाथी को जंजीरों में जकड़कर रखा जाता था।

बादशाह अकबर ने बीरबल के आत्मविश्वास की परख करने के लिए उधर तो बीरबल को बुलवा भेजा और इधर हाथी के महावत को हुक्म दिया कि जैसे ही बीरबल को आता देखे, वैसे ही हाथी की जंजीर खोल दे।

बीरबल को इस बात का पता नहीं था। जब वे बादशाह अकबर से मिलने उनके दरबार की ओर जा रहे थे, तो पागल हाथी को छोड़ा जा चुका था। बीरबल अपनी ही मस्ती में चले जा रहे थे कि उनकी नजर पागल हाथी पर पड़ी, जो चिंघाड़ता हुआ उनकी तरफ आ रहा था।

बीरबल हाजिर-जवाब, बेहद बुद्धिमान, चतुर और आत्मविश्वासी थे। वे समझ गए कि बादशाह अकबर ने आत्मविश्वास और बुद्धि की परीक्षा के लिए ही पागल हाथी को छुड़वाया है।

दौड़ता हुआ हाथी सूँड़ को उठाए तेजी से बीरबल की ओर चला आ रहा था। बीरबल ऐसे स्थान पर खड़े थे कि वह इधर-उधर भागकर भी नहीं बच सकते थे। ठीक उसी वक्त बीरबल को एक कुत्ता दिखाई दिया। हाथी बहुत निकट आ गया था, इतना कि वह बीरबल को अपनी सूँड़ में लपेट लेता।

तभी बीरबल ने झटपट कुत्ते की पिछली दोनों टाँगें पकड़ीं और पूरी ताकत से घुमाकर हाथी पर फेंका। बुरा तरह घबराकर चीखता हुआ कुत्ता जब हाथी से जाकर टकराया तो उसकी भयानक चीखें सुनकर हाथी भी घबरा गया और पलटकर भागा।

बादशाह अकबर को बीरबल की इस बात की खबर मिल गई और उन्हें यह मानना पड़ा कि बीरबल ने जो कुछ कहा है, वह सच है। आत्मविश्वास ही सबसे बड़ा हथियार है।

□

कवि और धनवान आदमी

एक दिन एक कवि किसी धनी आदमी से मिलने गया और उसे कई सुंदर कविताएँ इस उम्मीद के साथ सुनाईं कि शायद वह धनवान खुश होकर कुछ इनाम जरूर देगा। लेकिन वह धनवान भी महाकंजूस था, बोला, "तुम्हारी कविताएँ सुनकर दिल खुश हो गया। तुम कल फिर आना, मैं तुम्हें खुश कर दूँगा।"

"कल शायद अच्छा इनाम मिलेगा।" ऐसी कल्पना करता हुआ वह कवि घर पहुँचा और सो गया। अगले दिन वह फिर उस धनवान की हवेली में जा पहुँचा। धनवान बोला, "सुनो कवि महाशय, जैसे तुमने मुझे अपनी कविताएँ सुनाकर खुश किया था, उसी तरह मैं भी तुमको बुलाकर खुश हूँ। तुमने मुझे कल कुछ भी नहीं दिया, इसलिए मैं भी कुछ नहीं दे रहा, हिसाब बराबर हो गया।"

कवि बेहद निराश हो गया। उसने अपनी आपबीती एक मित्र को कह सुनाई और उस मित्र ने बीरबल को बता दिया। सुनकर बीरबल बोला, "अब जैसा मैं कहता हूँ, वैसा करो। तुम उस धनवान से मित्रता करके उसे खाने पर अपने घर बुलाओ। हाँ, अपने कवि मित्र को भी बुलाना मत भूलना। मैं तो खैर वहाँ मौजूद रहूँगा ही।"

कुछ दिनों बाद बीरबल की योजनानुसार कवि के मित्र के घर दोपहर को भोज का कार्यक्रम तय हो गया। नियत समय पर वह धनवान भी आ पहुँचा। उस समय बीरबल, कवि और कुछ अन्य मित्र बातचीत में मशगूल थे। समय गुजरता जा रहा था, लेकिन खाने–पीने का कहीं कोई नामोनिशान न था। वे लोग पहले

की तरह बातचीत में व्यस्त थे। धनवान की बेचैनी बढ़ती जा रही थी, जब उससे रहा न गया तो बोल ही पड़ा, "भोजन का समय तो कब का हो चुका? क्या हम यहाँ खाने पर नहीं आए हैं?"

"खाना, कैसा खाना?" बीरबल ने पूछा।

धनवान को अब गुस्सा आ गया, "क्या मतलब है तुम्हारा? क्या तुमने मुझे यहाँ खाने पर नहीं बुलाया है?"

"खाने का कोई निमंत्रण नहीं था। यह तो आपको खुश करने के लिए खाने पर आने को कहा गया था।" जवाब बीरबल ने दिया।

धनवान का पारा सातवें आसमान पर चढ़ गया, वह क्रोधित स्वर में बोला, "यह सब क्या है? इस तरह किसी इज्जतदार आदमी को बेइज्जत करना ठीक है क्या? तुमने मुझसे धोखा किया है।"

अब बीरबल हँसता हुआ बोला, "यदि मैं कहूँ कि इसमें कुछ भी गलत नहीं तो··· ? तुमने इस कवि से यही कहकर धोखा किया था न कि कल आना, सो मैंने भी कुछ ऐसा ही किया। तुम जैसे लोगों के साथ ऐसा ही व्यवहार होना चाहिए।"

धनवान को अब अपनी गलती का आभास हुआ और उसने कवि को अच्छा इनाम देकर वहाँ से विदा ली।

वहाँ मौजूद सभी बीरबल को प्रशंसाभरी नजरों से देखने लगे।

□

गलत आदत

एक दिन बादशाह अकबर बहुत परेशान थे, कारण था उनके बेटे की अँगूठा चूसने की आदत। बादशाह अकबर ने कई तरीके आजमाए, लेकिन शहजादे की आदत पर कोई असर नहीं हुआ।

अकबर अपने दरबार में बैठे थे, तब उन्हें एक फकीर के बारे में पता चला, जिनकी बातें इतनी अच्छी होती हैं कि टेढ़े-से-टेढ़ा व्यक्ति भी सही दिशा में चलने लगता है।

अकबर ने उस फकीर को दरबार में पेश करने का हुक्म दिया। फकीर दरबार में आया तो उसे अकबर ने अपने बेटे की गलत आदत के बारे में बताया और कोई उपाय करने का आग्रह किया।

दरबार में सभी दरबारी और बीरबल के साथ अकबर और उनका बेटा भी था। फकीर ने थोड़ी देर सोचा और कहा कि मैं एक हफ्ते बाद आऊँगा और वहाँ से चला गया। अकबर और सभी दरबारियों को यह बात अजीब लगी कि फकीर बिना शहजादे से मिले ही चले गए।

एक हफ्ते के बाद फकीर दरबार में आए, शहजादे से मिले, फिर उन्होंने शहजादे को प्यार से मुँह में अँगूठा लेने से होनेवाली तकलीफों के बारे में समझाया और शहजादे ने भी कभी भी अँगूठा न चूसने का वादा किया।

अकबर ने फकीर से कहा कि यह काम तो आप पिछले हफ्ते ही कर सकते थे। सभी दरबारियों ने भी नाराजगी व्यक्त की कि इस फकीर ने हम सभी का वक्त बरबाद किया और इसे सजा मिलनी चाहिए, क्योंकि इसने दरबार की तौहीन की है।

अकबर को भी यही सही लगा और उसने सजा देने का निर्णय लिया। सभी दरबारियों ने अपना-अपना सुझाव दिया। अकबर ने बीरबल से कहा, "बीरबल, तुम चुप क्यों हो? तुम भी बताओं कि क्या सजा देनी चाहिए?"

बीरबल ने जवाब दिया, "जहाँपनाह! हम सभी को इस फकीर से सीख लेनी चाहिए और इन्हें एक गुरु का दर्जा देकर आशीर्वाद लेना चाहिए।"

अकबर ने गुस्से में कहा, "बीरबल! तुम हमारा और सभी दरबारियों का अपमान कर रहे हो।"

बीरबल ने कहा, "जहाँपनाह! गुस्ताखी माफ हो! लेकिन यही उचित न्याय है। जिस दिन फकीर पहली बार दरबार में आए थे और आप जब उन्हें शहजादे के बारे में बता रहे थे, तब आप सभी ने फकीर को बार-बार कुछ खाते देखा होगा। दरअसल फकीर को चूना खाने की गलत आदत थी। जब आपने शहजादे के बारे में बताया, तब उन्हें उनकी गलत आदत का अहसास हुआ और उन्होंने पहले खुद की गलत आदत को सुधारा। इस बार जब फकीर आए, तब उन्होंने एक बार भी चूने की डिबिया को हाथ नहीं लगाया।"

यह सुनकर सभी दरबारियों को अपनी गलती समझ आई और सभी से फकीर का आदरपूर्वक सम्मान किया।

□

तीन रुपए : तीन सवाल

एक दिन बादशाह अकबर के दरबारियों ने बादशाह से शिकायत की, "हुजूर! आप सब प्रकार के कार्य बीरबल को ही सौंप देते हैं, क्या हम कुछ भी नहीं कर सकते?"

बादशाह ने कहा, "ठीक है···मैं अभी इसका फैसला कर देता हूँ।"

उन्होंने एक दरबारी को बुलाया और उससे कहा, "मैं तुम्हें तीन रुपए देता हूँ। इनकी तीन चीजें लाओ। हर एक की कीमत एक रुपया होनी चाहिए। पहली चीज यहाँ की होनी चाहिए। दूसरी चीज वहाँ की होनी चाहिए। तीसरी चीज न यहाँ की हो, न वहाँ की।"

दरबारी तुरंत बाजार गया। दुकानदार के पास जाकर उसने उससे ये तीनों चीजें माँगीं। दुकानदार उसकी बात सुनकर हँसने लगा और बोला, "ये चीजें कहीं भी नहीं मिल सकतीं।"

उन तीन चीजों को दरबारी ने अनेक दुकानों पर खोजा। लेकिन जब उसे वे तीनों चीजें कहीं नहीं मिलीं तो वह निराश होकर दरबार में लौट आया। उसने बादशाह अकबर को आकर बताया, "ये तीनों चीजें किसी भी कीमत पर, कहीं भी नहीं मिल सकतीं। अगर बीरबल ला सकें तो जानेंगे।"

बादशाह अकबर ने बीरबल को बुलाया और कहा कि जाओ, ये तीनों चीजें लेकर आओ!

बीरबल ने कहा, "हुजूर! कल तक ये चीजें अवश्य आपकी सेवा में हाजिर कर दूँगा।"

अगले दिन जैसे ही बीरबल दरबार में आए तो बादशाह अकबर ने पहले दिन वाली बात को याद दिलाते हुए पूछा, "क्यों, क्या हमारी चीजें ले आए?"

बीरबल ने फौरन कहा, "जी हाँ···मैंने पहला रुपया एक फकीर को दे दिया, जो वहाँ से भगवान् के पास जा पहुँचा। दूसरा रुपया मैंने मिठाई में खर्च किया, जो यहाँ काम आ गया और तीसरे रुपए का मैंने जुआ खेल लिया, जो न यहाँ काम आएगा, न वहाँ, अर्थात् परलोक में।"

उनकी बात सुनकर सभी चकित रह गए और अकबर ने बीरबल को बहुत सा इनाम दिया।

□

गेहूँ की सुनहरी बाली

जहाँपनाह अकबर के दरबार में सुबह-सुबह कोई सफाई कर रहा था। वह एक फूलदान की सफाई कर रहा था। फिर अचानक वह फूलदान उसके हाथ से फिसलकर टूट जाता है। सेवक फूलदान टूटने से घबरा जाता है और कहता है, "या खुदा, यह क्या हो गया! यह तो जहाँपनाह का सबसे पसंदीदा फूलदान था। अब जहाँपनाह मुझे सजा देंगे।" और वह फूलदान के टूटे हुए टुकड़े समेटकर घबराता हुआ चला जाता है।

तभी वहाँ जहाँपनाह अकबर आते हैं और अपना फूलदान न पाकर परेशान होने लगते हैं, फिर अपने सिपाही को बुलाकर कहते हैं, "सिपाही, यहाँ पर जो फूलदान रहा करता था, वह कहाँ गया? कहीं वह फिर से खो तो नहीं गया?"

सिपाही—"जब मैंने सेवक को सफाई करने के लिए भेजा था, तब तो वह यहीं था कि उस सेवक को ही पता होगा कि वह फूलदान कहाँ गया?"

अकबर—"जाओ, उस सेवक को बुलाकर लाओ!" सिपाही सेवक को बुलाने चला जाता है। थोड़ी देर बाद सिपाही सेवक को बुलाकर लाता है।

अकबर—"सेवक, यहाँ पर जो फूलदान रखा था, वह कहाँ गया?"

सेवक बहुत घबरा जाता है और कहता है, "जहाँपनाह, वो मैं फूलदान को साफ करने के लिए ले गया था।"

अकबर—"लेकिन साफ करने के लिए फूलदान को यहाँ से ले जाने की क्या जरूरत थी?"

सेवक रोने लगता है और कहता है, "जहाँपनाह, वो फूलदान मुझसे गलती से टूट गया।"

अकबर—"लेकिन अभी तो तुमने कहा था कि तुम फूलदान साफ करने के लिए ले गए थे। मैं तुम्हें फूलदान टूटने के लिए तो माफ करता हूँ, लेकिन मैं तुम्हें झूठ बोलने के लिए माफ नहीं करूँगा। मुझे झूठ से सख्त नफरत है। जाओ, तुम्हें सल्तनत छोड़ने की सजा देता हूँ। सिपाहियो, ले जाओ इसे।"

सेवक—"जहाँपनाह! मुझे माफ कर दो, मैं बहुत घबरा गया था, मुझे इतनी बड़ी सजा मत दो जहाँपनाह, रहम! जहाँपनाह, रहम!"

सिपाही उसे खींचता हुआ वहाँ से ले गया। फिर अगले दिन राजा अकबर ने अपने दरबार में यह किस्सा सुनाया। दरबार में बैठे सभी लोगों ने अकबर की इस बात की तारीफ की—वाह! जहाँपनाह, आपने बहुत अच्छा किया। झूठ कभी नहीं बोलना चाहिए। सभी लोग कहने लगे—हमने तो कभी झूठ नहीं बोला, जहाँपनाह।

बीरबल खामोश बैठे रहते हैं, अकबर बीरबल से पूछते हैं।

अकबर—"बीरबल, क्या हुआ? तुम खामोश क्यों हो? तुम्हारा क्या कहना है? क्या तुमने कभी झूठ बोला है?"

बीरबल—"जहाँपनाह, ऐसा कोई नहीं होता, जो जिंदगी में कभी झूठ न बोले। कभी-न-कभी तो इनसान को झूठ बोलना ही पड़ता है। कभी-कभी इनसान इसलिए झूठ बोलता है कि हमारे सच से किसी को तकलीफ न हो। अपने आप को शर्म से बचाने के लिए भी इनसान झूठ बोलता है। इनसान को कभी-न-कभी झूठ बोलना ही पड़ता है। मैं कैसे कह दूँ कि मैंने कभी झूठ नहीं बोला।"

अकबर—"क्या? क्या मैं ये समझूँ कि मेरे नौ रत्नों में से एक रत्न झूठा है? इस सल्तनत में सभी के लिए कानून बराबर है। जाओ, तुम इस दरबार से निकल जाओ!"

बीरबल—"लेकिन जहाँपनाह, मेरी बात तो सुनिए!"

अकबर—"हम कुछ नहीं सुनना चाहते हैं, चले जाओ!"

तभी बीरबल वहाँ से चले जाते हैं।

फिर क्या था, बीरबल अब सोचने लगे कि जहाँपनाह को अब कैसे समझाया जाए। फिर क्या था, बीरबल अपना दिमाग चलाने लगे और बहुत सोचने के बाद उन्होंने एक गेहूँ की बाली ली, सेवक को बुलाया और उससे कहा, "सेवक राम, यह गेहूँ की बाली लो और शहर का सबसे अच्छा सुनार ढूँढ़ो और उसने एक ऐसी ही गेहूँ की बाली सोने की बनवाकर लाओ, पर ध्यान रहे, गेहूँ के दानों से लेकर बाली तक, सभी सोने का होना चाहिए।"

सेवक—"जी हुजूर! मैं अभी जाता हूँ।"

कुछ दिन बाद बीरबल सोने की डाली लेकर अकबर के दरबार में पहुँचे।

अकबर—"तुम्हारी हिम्मत कैसे हुई दरबार में आने की, तुम्हें यहाँ आने से मना किया था न।"

बीरबल—"जहाँपनाह, मैं यहाँ किसी ओहदे की हैसियत से नहीं, बल्कि एक आम नागरिक की हैसियत से आया हूँ। मैं आपको दुनिया की सबसे अमीर सल्तनत का बादशाह बनाना चाहता हूँ। ये देखिए, सोने के गेहूँ की बाली।"

अकबर और वहाँ मौजूद सभी लोग बहुत हैरान होकर उस बाली को देखते हैं। फिर अकबर कहते हैं, "यह तो सचमुच सोने की बाली है, यह तुम्हें कहाँ मिली?"

बीरबल—"जहाँपनाह, यह कोई साधारण बाली नहीं है। यह मुझे एक ज्योतिषी ने दी थी, जो बहुत कड़ी तपस्या के बाद उन्हें मिली थी। जहाँपनाह, वह कोई साधारण ज्योतिष नहीं था, एक दिन वह ज्योतिष मुझे नदी के किनारे मिला। वह ज्योतिष वहाँ नदी के पानी के ऊपर चल रहा था, उसी तरह, जिस तरह हम जमीन पर चलते हैं।"

अकबर हैरान होकर पूछते हैं, "अच्छा, इतने महान् ज्योतिष हैं तो फिर चलो, देर कैसी, इसे अभी खेत में बो देते हैं।"

बीरबल—"हाँ-हाँ जहाँपनाह, मैंने इसका इंतजाम पहले ही कर रखा है।

इसके लिए मैंने एक बहुत अच्छी जगह देख रखी है। हम कल सुबह इस बाली को वहाँ बोएँगे।"

अकबर—"हाँ बीरबल, हम कल सुबह ही इस बाली को बोएँगे। और यह सबको बता देना कि हम यह सोने की बाली उस उपजाऊ जमीन में बोनेवाले हैं।"

बीरबल—"जी जहाँपनाह, मैं कल सुबह ही आ जाऊँगा सबको लेकर।"

फिर अगले दिन अकबर और बीरबल बहुत से लोगों के साथ उस जगह पर आते हैं।

बीरबल—"जहाँपनाह! यह है वह जगह, जिसके बारे में मैं आपको बता रहा था।"

अकबर—"बीरबल! तो देरी क्या है, इस बाली को जाकर बो दो।"

बीरबल—"मैं नहीं जहाँपनाह, मैं इसे नहीं बो सकता हूँ, क्योंकि इस बाली को वही बो सकता है, जिसने कभी झूठ नहीं बोला हो। मैंने तो कई बार झूठ बोला है। आप यह काम किसी और से करवा लीजिए।"

अकबर वहाँ खड़े लोगों से पूछते हैं, "क्या आप में से कोई है, जिसने कभी झूठ नहीं बोला है?"

वहाँ खड़े सभी लोग चुप रहते हैं, कोई आगे नहीं आता है।

अकबर—"हमें यह उम्मीद नहीं थी।"

बीरबल—"जहाँपनाह, अब आप ही एक ऐसे शख्स हैं, जिसने कभी झूठ नहीं बोला। आप ही इस बाली को बो दीजिए।"

अकबर बहुत हिचकिचाते हैं और कहते हैं, "मैं, मैं कैसे, मैंने भी कभी-न-कभी तो झूठ बोला है, बचपन में या फिर कभी और।"

बीरबल—"जी जहाँपनाह! मेरे कहने का भी मतलब वही था। इनसान को कभी-न-कभी झूठ बोलना ही पड़ता है। या तो किसी को ठेस न पहुँचे इसलिए, या फिर शर्मिंदा न होना पड़े कभी इसलिए और कभी-कभी किसी अच्छे काम के लिए भी झूठ बोलना पड़ता है। और हाँ जहाँपनाह, मैंने यह बाली शहर के सुनार से बनवाई थी। यह मुझे किसी ज्योतिष ने नहीं दी थी। मैंने आपको समझाने के लिए ऐसा किया था।"

अकबर—"हमें माफ कर दो बीरबल, हमें ऐसा नहीं करना चाहिए। हम आपको निर्दोष करार करते हैं। तुम हमारे सच्चे मित्र हो, हम समझ गए बीरबल।"

इस तरह अकबर को अपनी गलती का अहसास हो गया और अकबर ने उस सेवक को भी माफ कर दिया, जिससे वह फूलदान टूटा था।

☐

स्वर्ग की यात्रा

एक दिन शहंशाह अकबर नाई से अपनी हजामत बनवा रहे थे। तभी वह नाई शहंशाह अकबर की तारीफ करने लगता है, "जहाँपनाह! आप अपनी सल्तनत में सबका खयाल रखते हैं, बच्चे, बड़े, गरीब, लाचार आदि सबका।"

अकबर—"शुक्रिया!"

नाई—"लेकिन, जहाँपनाह!"

अकबर—"लेकिन, लेकिन क्या, क्या हम किसी को भूल रहे हैं, जिसकी हम देखभाल नहीं करते हैं?"

नाई—"जहाँपनाह, गुस्ताखी माफ करें, क्या कभी आपने बड़े-बूढ़ों यानी कभी अपने पूर्वजों के बारे में सोचा है, जो दुनिया छोड़कर स्वर्ग चले गए हैं।"

अकबर—"लेकिन हम तो उनका भी खयाल रखते हैं, उनके हक में हम दुआ करते हैं, उनकी याद में हमने शाही मकबरे बनवाए हैं।"

नाई—"लेकिन जहाँपनाह, कभी आपने किसी को स्वर्ग भेजा है, अपने पूर्वजों की खबर लेने के लिए, उन्हें किसी चीज की वहाँ जरूरत तो नहीं है।"

अकबर—"क्या, ये क्या कह रहे हो, कोई स्वर्ग जाकर वापस कैसे आ सकता है, तुम्हारा दिमाग खराब हो गया है क्या। कोई स्वर्ग की यात्रा करके वापस कैसे आ सकता है?"

नाई—"जहाँपनाह, मैं सच कह रहा हूँ। मैं एक ऐसे योगी बाबा को जानता

हूँ, जो स्वर्ग भेजकर वापस बुला सकते हैं। वजीर अब्दुल्ला, उनके भक्त हैं। आप चाहें तो वजीर अब्दुल्ला से कहकर आप उस योगी को बुला सकते हैं।"

अकबर—"ठीक है, तुम कल ही वजीर अब्दुल्ला से कहकर उस योगी को बुलाओ।"

फिर अगले दिन वजीर अब्दुल्ला उस योगी बाबा को लेकर आते हैं।

अकबर—"वजीर अब्दुल्ला, क्या योगी बाबा दरबार में आ गए हैं।"

वजीर अब्दुल्ला—"जी! जहाँपनाह, वो दरबार के बाहर ही खड़े हैं। आपकी इजाजत हो तो उन्हें बुलाया जाए।"

अकबर—"जी वजीर अब्दुल्ला, उन्हें बुलाया जाए।"

योगीराज निरंजन बाबा दरबार में हाजिर होते हैं।

योगीराज—"अलख निरंजन, मेरा नाम योगी निरंजन बाबा है।"

अकबर—"हमने सुना है योगीजी, आप किसी को भी स्वर्ग भेजकर वापस बुला सकते हैं, यह बात सच है?"

योगीराज—"हाँ, मैं किसी को भी स्वर्ग भेजकर वापस बुला सकता हूँ।"

अकबर—"हमें भी अपने पूर्वजों के बारे में जानकारी चाहिए, वह स्वर्ग में कैसे रह रहे हैं, उन्हें वहाँ किसी चीज की जरूरत तो नहीं है।"

योगीराज—"आप किसी भरोसेमंद इनसान को स्वर्ग भेज सकते हैं, जो स्वर्ग के मोह में न फँसकर वापस आ सके।"

वजीर अब्दुल्ला—"जहाँपनाह, आप बीरबल को इस काम के लिए भेज दीजिए, बीरबल से ज्यादा भरोसेमंद और कौन हो सकता है।"

अकबर—"बीरबल, क्या आप हमारे लिए स्वर्ग जाएँगे?"

बीरबल—"जी जहाँपनाह! मैं स्वर्ग जरूर जाऊँगा। लेकिन उससे पहले मैं निरंजन बाबा से कुछ पूछना चाहता हूँ। योगीराज, इस यात्रा में कितना समय लगेगा।"

योगीराज—"इस यात्रा में कम-से-कम दो महीने लगेंगे, अगर तुम स्वर्ग के सुख के मोह में न फँसो तो।"

बीरबल—"योगीजी, आप मुझे स्वर्ग कैसे भेजेंगे?"

योगीराज—"मैं एक पवित्र आग जलाऊँगा, उसमें तुम्हें प्रवेश करना है, वैसे तो यह क्रिया कहीं भी हो सकती है, लेकिन हम इसे गंगा नदी के किनारे करेंगे।"

बीरबल—"जहाँपनाह, मैं काफी दिनों के लिए अपने घर से दूर रहूँगा। इसलिए मैं चार-पाँच दिन की मोहलत माँगता हूँ, कुछ अधूरे काम निपटाने हैं।"

अकबर—"ठीक है बीरबल, योगीराजजी, आप यह काम पाँच दिन बाद संपन्न करें।"

अब पाँच दिन बाद बीरबल को जलाने के लिए ले जाया जाता है। स्वर्ग की यात्रा के लिए योगीराज विधि संपन्न करते हैं। वह एक चिता पर फूल और कुछ सामग्री डालते हैं और बीरबल के माथे पर तिलक करते हैं और चित हो जाने को कहते हैं।

बीरबल—"अलविदा! जहाँपनाह!"

अकबर—"हमें आपकी बहुत याद आएगी, आप जल्दी लौटने की कोशिश करना।"

बीरबल—"जी जहाँपनाह! मैं जल्दी लौटकर आऊँगा।"

और फिर दो महीने गुजर जाते हैं, शहंशाह अकबर बहुत चिंतित हो जाते हैं।

अकबर—"हमें बीरबल की बहुत याद आ रही है, दो महीने गुजर चुके, पर बीरबल अभी तक नहीं लौटे, हमें बहुत चिंता हो रही है। योगीराज का क्या कहना है, कब तक बीरबल लौट आएँगे।"

वजीर अब्दुल्ला—"जहाँपनाह, योगी बाबा ये भी तो कह रहे थे कि हो सकता है, बीरबल को स्वर्ग के सुख बहुत भा गए हों और वह उन्हें छोड़कर न आना चाहें।"

अकबर—"नहीं, ऐसा कभी नहीं हो सकता, बीरबल ऐसा कभी नहीं कर सकते, उन पर हमें पूरा भरोसा है।"

उसी वक्त वहाँ पर बीरबल आते हैं। उनके लंबे-लंबे बाल होते हैं, लंबी सी दाढ़ी। अकबर उन्हें देखकर बहुत खुश होते हैं।

अकबर—"खुशामदीद! खुशामदीद! हमें आपको देखकर बहुत खुशी हुई और बताइए स्वर्ग में हमारे पूर्वज कैसे हैं, उन्हें किसी चीज की वहाँ जरूरत तो नहीं है?"

बीरबल—"नहीं, जहाँपनाह! उन्हें किसी भी चीज की जरूरत नहीं है, वे वहाँ बहुत खुश हैं।"

अकबर—"लेकिन बीरबल, आपने ये बाल इतने क्यों बढ़ा लिये हैं?"

बीरबल—"जहाँपनाह! मेरे ही नहीं, वहाँ पर सभी के बाल बहुत लंबे हैं। वहाँ पर कोई नाई नहीं है बाल काटने के लिए। इसलिए उन सभी ने यहाँ पर जो नाई है, उसे बुलाने के लिए कहा है, ताकि वो वहाँ सबके बाल काट सके।"

अकबर—"हाँ, हाँ, क्यों नहीं, हम अभी अपने नाई को वहाँ भेज रहे हैं। योगीराज और वह नाई अभी यहीं पर हैं, वो इस वक्त हमारे मेहमान बनकर रह रहे हैं। हम अभी स्वर्ग भेजने की क्रिया करवाते हैं, योगीराज और उस नाई को बुलाते हैं।"

वो दोनों दरबार में हाजिर होते हैं, अकबर उनसे कहते हैं, "योगीराज, स्वर्ग में नाई की जरूरत है, आप जल्दी से इस नाई को स्वर्ग भेजने की क्रिया शुरू कीजिए।"

नाई (अपने घुटनों पर गिरकर)—"जहाँपनाह! मुझे माफ कर दीजिए, मुझसे ये सब वजीर अब्दुल्ला ने करवाया था। क्योंकि वह बीरबल की शोहरत से जलते हैं और बीरबल को अपने रास्ते से हटाना चाहते थे और ये बाबा भी पाखंडी है। पता नहीं बीरबल उस आग से कैसे बच गए, लेकिन मैं नहीं बचूँगा, मुझे माफ कर दीजिए।"

अकबर—"क्या, इतनी बड़ी साजिश बीरबल के खिलाफ! सिपाहियो, इस पाखंडी बाबा और इस नाई को ले जाओ और काल कोठरी में डाल दो। और तुम वजीर अब्दुल्ला, मुझे तुमसे यह उम्मीद नहीं थी। मैं अगर चाहूँ तो तुम्हें अभी फाँसी पर लटका दूँ, लेकिन तुमने हमारी कई साल हिफाजत की है, इसलिए हम तुम्हें इस देश से निकाल देते हैं। सिपाहियो, इसे ले जाकर सरहद के बाहर छोड़ आओ और फिर कभी अपनी शक्ल मत दिखाना। अच्छा बीरबल, मेरे बुद्धिमान दोस्त ये बताओ कि तुम्हें इस साजिश का कैसे पता लगा?"

बीरबल—"जहाँपनाह, जब मैंने योगीराज के मुँह अगम प्रवेश करनेवाली बात सुनी तो मुझे लगा दाल में कुछ काला है। तभी तो मैंने आपसे पाँच दिन की मोहलत माँगी और मैंने उन पाँच दिनों में एक ऐसी सुरंग तैयार करवाई, जो उस जगह से सीधे मेरे घर को जाती है। जहाँपनाह, जब योगीराज ने आग जलाई तो मैं सीधे उस सुरंग पर खड़ा था, जो मेरे घर को जाती है, योगीराज के आग जलाते ही मैं सुरंग का दरवाजा खोल कर अपने घर पहुँच गया। जहाँपनाह, इस तरह

से मैं वहाँ से बच निकला। और मैं चाहता था, ये लोग अपना गुनाह खुद कुबूल करें, इसलिए मैंने दो महीने अपने बाल नहीं काटे, क्योंकि मैं यह भी जानता था कि इन तीनों में सबसे कमजोर कड़ी नाई है।"

अकबर—"वाह, बीरबल, वाह! एक तुम ही हो जो ऐसा कर सकते हो। तुम्हारे जैसा कोई नहीं! मेरे समझदार दोस्त, तुम ही ऐसा कर सकते हो। वाह बीरबल! वाह!

बीरबल—"शुक्रिया जहाँपनाह! शुक्रिया!"

□

गधा तंबाकू खाता है

बीरबल तंबाकू खाया करते थे, मगर बादशाह अकबर नहीं खाते थे। एक दिन बादशाह अकबर को लज्जित करने के लिए सैर का बहाना करके तंबाकू के खेत में ले गए। वहाँ जाकर उन्होंने एक गधा खेत में चरने के लिए छुड़वा दिया। जब गधे ने तंबाकू नहीं खाया तो बादशाह अकबर बोले, "बीरबल! देखो, तंबाकू कैसी बुरी चीज है कि इसे गधा तक नहीं खाता।"

"हाँ जहाँपनाह! यह सच है, गधे तंबाकू नहीं खाते, इनसान ही खाते हैं।" बीरबल ने जवाब दिया।

बीरबल का यह कटाक्ष सुनकर बादशाह अकबर शर्म से पानी-पानी हो गए।

□

खाने के बाद लेटना

किसी समय बीरबल ने अकबर को यह कहावत सुनाई थी कि खाकर लेट जा और मारकर भाग जा—यह सयाने लोगों की पहचान है। जो लोग ऐसा करते हैं, जिंदगी में उन्हें किसी भी प्रकार का दुःख नहीं उठाना पड़ता।

एक दिन अकबर को अचानक ही बीरबल की यह कहावत याद आ गई।

दोपहर का समय था। उन्होंने सोचा कि बीरबल अवश्य ही खाना खाने के बाद लेटता होगा। आज हम उसकी इस बात को गलत सिद्ध कर देंगे। उन्होंने एक नौकर को अपने पास बुलाकर पूरी बात समझाई और बीरबल के पास भेज दिया।

नौकर ने अकबर का आदेश बीरबल को सुना दिया।

बीरबल बुद्धिमान तो थे ही, उन्होंने समझ लिया कि बादशाह ने उसे क्यों तुरंत आने के लिए कहा है। इसलिए बीरबल ने भोजन करके नौकर से कहा, "ठहरो, मैं कपड़े बदलकर तुम्हारे साथ ही चल रहा हूँ।"

उस दिन बीरबल ने पहनने के लिए चुस्त पाजामा चुना। पाजामे को पहनने के लिए वह कुछ देर के लिए बिस्तर पर लेट गए। पाजामा पहनने के बहाने वे काफी देर बिस्तर पर लेटे रहे। फिर नौकर के साथ चल दिए।

जब बीरबल दरबार में पहुँचे तो अकबर ने कहा, "कहो बीरबल, खाना खाने के बाद आज भी लेटे या नहीं?"

"बिल्कुल लेटा था, जहाँपनाह!"

बीरबल की बात सुनकर अकबर ने क्रोधित स्वर में कहा, "इसका मतलब,

तुमने हमारे हुक्म की अवहेलना की है। हम तुम्हें हुक्म-उदूली करने की सजा देंगे। जब हमने खाना खाकर तुरंत बुलाया था, फिर तुम लेटे क्यों?"

"बादशाह सलामत! मैंने आपके हुक्म की अवहेलना कहाँ की है। मैं तो खाना खाने के बाद कपड़े पहनकर सीधा आपके पास ही आ रहा हूँ। आप पैगाम ले जानेवाले से पूछ सकते हैं। अब यह अलग बात है कि इस चुस्त पाजामा को पहनने के लिए मुझे लेटना पड़ा था।" बीरबल ने सहज भाव से उत्तर दिया।

बादशाह अकबर बीरबल की चतुरता को समझ गए और मुसकरा पड़े।

□

सब बह जाएँगे

बादशाह अकबर और बीरबल शिकार पर गए हुए थे। उनके साथ कुछ सैनिक तथा सेवक भी थे। शिकार से लौटते समय एक गाँव से गुजरते हुए बादशाह अकबर को उस गाँव के बारे में जानने की जिज्ञासा हुई। उन्होंने इस बारे में बीरबल से कहा तो उसने जवाब दिया, "हुजूर, मैं तो इस गाँव के बारे में कुछ नहीं जानता, किंतु इसी गाँव के किसी बाशिंदे से पूछकर बताता हूँ।"

बीरबल ने एक आदमी को बुलाकर पूछा, "क्यों भई, इस गाँव में सब ठीक-ठाक तो है न?"

उस आदमी ने बादशाह को पहचान लिया और बोला, "हुजूर, आपके राज में कोई कमी कैसे हो सकती है!"

"तुम्हारा नाम क्या है?" बादशाह ने पूछा।

"गंगा।"

"तुम्हारे पिता का नाम?"

"जमुना।"

"और माँ का नाम सरस्वती है?"

"नहीं हुजूर, नर्मदा।"

यह सुनकर बीरबल ने चुटकी ली और बोला, "हुजूर, तुरंत पीछे हट जाइए। यदि आपके पास नाव हो, तभी आगे बढ़ें, वरना नदियों के इस गाँव में तो डूब जाने का खतरा है।"

यह सुनकर बादशाह अकबर हँसे बगैर न रह सके।

□

खूबसूरत बच्चा

शहंशाह अकबर अपनी सल्तनत में सभी का बहुत अच्छे से खयाल रखते थे। कोई उनकी सुविधाओं से वंचित न रह जाए, इसलिए वह वहाँ भेस बदल-बदलकर घूमा करते थे और लोगों के बीच जाकर उनकी परेशानियों का अनुभव करते थे कि कोई उनकी सल्तनत में दुःखी तो नहीं है। अकबर एक बहुत ही अच्छे शहंशाह थे।

एक दिन शहंशाह अकबर अपने दरबार में अपने बेटे को गोद में खिला रहे थे। अकबर का बेटा बहुत खूबसूरत था। लोग उसे देखते ही तारीफ किए बिना नहीं रहते थे। जब अकबर अपने बेटे को खिला रहे थे, तो दरबार में बैठे सभी लोग उसकी तरीफ करने लगे।

दरबारी—"जहाँपनाह, आपका बेटा दुनिया का सबसे खूबसूरत बच्चा है। शहजादे जैसा दुनिया में और दूसरा कोई बच्चा नहीं है।"

अकबर—"हाँ, मुझे भी ऐसा ही लगता है, शहजादे जैसा कोई नहीं, वह सबसे खूबसूरत है।"

दरबारी—"हाँ-हाँ, जहाँपनाह! बिल्कुल।"

अकबर—"तुम क्या कहते हो बीरबल, तुम्हें क्या लगता है? क्या हमारा शहजादा दुनिया का सबसे खूबसूरत बच्चा है?"

बीरबल—"जहाँपनाह, मुझे ऐसा नहीं लगता, लेकिन मैं यह नहीं कह रहा कि शहजादे खूबसूरत नहीं हैं।"

अकबर—"क्या तुम्हें ऐसा लगता है कि हमारे शहजादे खूबसूरत नहीं हैं?"

बीरबल—"नहीं जहाँपनाह, मैंने ऐसा तो नहीं कहा। मेरी बात को आप गलत मत समझिए। मेरे कहने का मतलब है कि शहजादे खूबसूरत तो हैं, लेकिन पूरी दुनिया में सबसे खूबसूरत हैं, मैं इस बात को नहीं मानता।"

अकबर—"क्या तुम्हारे कहने का मतलब है कि शहजादे पूरी दुनिया में सबसे खूबसूरत नहीं हैं।"

बीरबल—"जी जहाँपनाह, मेरे कहने का वही मतलब है। मुझे लगता है, दुनिया में शहजादे ही ऐसे नहीं हैं, जो सबसे खूबसूरत हैं।"

अकबर—"बीरबल, आज तुमने हमारे दिल को बहुत ठेस पहुँचाई है। तुम साबित करके दिखाओ कि शहजादे से भी ज्यादा और कोई खूबसूरत बच्चा है, उसे हमारे सामने पेश करो।"

बीरबल—"जी जहाँपनाह, मुझे लगता है और मुझे पूरा भरोसा है, मैं इस बात को साबित कर सकता हूँ।"

अकबर—"जाओ तुम इस बात को साबित करके दिखाओ और तब तक मुझे अपनी शक्ल मत दिखाना।"

फिर क्या था, बीरबल शहजादे से भी ज्यादा खूबसूरत बच्चे की तलाश में निकल गए। फिर कुछ दिनों बाद बीरबल दरबार में हाजिर होते हैं।

अकबर—"आओ बीरबल! तुम आ गए! क्या तुम्हें शहजादे से ज्यादा खूबसूरत बच्चा मिला। तुम खाली हाथ लौटे, अब तो तुम मानते हो न कि शहजादे जितना खूबसूरत और कोई नहीं?"

बीरबल—"जहाँपनाह, मैं यह बताने दरबार में आया हूँ कि मैंने शहजादे से खूबसूरत बच्चा ढूँढ़ लिया है।"

अकबर—"क्या! ढूँढ़ लिया है, तो उसे दरबार में क्यों नहीं लाए? वो यहाँ क्यों नहीं आया?"

बीरबल—"जहाँपनाह, मैं उस बच्चे को तो यहाँ नहीं ला सका, लेकिन मैं आपको वहाँ जरूर ले जाऊँगा, ताकि आप कुछ समझ पाएँ।"

अकबर—"क्यों बीरबल, बच्चा यहाँ क्यों नहीं आ सकता? अच्छा ठीक है, मैं ही वहाँ जाऊँगा, हम कल सुबह ही वहाँ जाएँगे।"

बीरबल—"जी जहाँपनाह, हम कल सुबह ही वहाँ जाएँगे। लेकिन जहाँपनाह, हमें वहाँ पर भेस बदलकर जाना होगा।"

अकबर—"ठीक है, बीरबल!"

शहंशाह अकबर और बीरबल अगली सुबह ही उस बच्चे के पास जाते हैं। वो बच्चा बहुत ही गरीब होता है और छोटी सी झोपड़ी में रहता है और वह वहाँ मिट्टी में खेल रहा होता है।

बीरबल—"जहाँपनाह, वो रहा दुनिया का सबसे खूबसूरत बच्चा।"

अकबर—"क्या तुम्हारा दिमाग खराब हो गया है, जो इतने बदसूरत बच्चे को दुनिया का सबसे खूबसूरत बच्चा बता रहे हो?"

यह बात सुनकर बच्चा बहुत जोरों से रोता है, उसी समय उस बच्चे की माँ उस झोंपड़ी से निकलकर बाहर आती है। अकबर की यह बात सुनकर वह अकबर से कहती है, तुम्हारी हिम्मत कैसे हुई मेरे बच्चे को बदसूरत कहने की! मेरा लाल दुनिया का सबसे खूबसूरत बच्चा है। आज के बाद तुमने ऐसी बात कही तो मैं तुम्हारी हड्डी-पसली तोड़ दूँगी। चले जाओ यहाँ से, आज के बाद अपनी सूरत मत दिखाना।"

उस बच्चे की माँ यह बात कहकर बच्चे को जोर-जोर से खिलाने लगी—"अरे, अरे, मेरा लाल, मेरा बच्चा, मेरा बच्चा दुनिया का सबसे खूबसूरत बच्चा है।"

उस औरत की यह बात सुनकर अकबर बिल्कुल खामोश हो गए।

बीरबल—"कुछ समझ आया जहाँपनाह?"

अकबर—"हाँ बीरबल, मैं अच्छी तरह समझ गया।"

बीरबल—"माँ-बाप के लिए उसका बच्चा, चाहे कैसा भी हो, वो उसके लिए दुनिया का सबसे खूबसूरत बच्चा होता है।"

अकबर—"तुम सही कह रहे हो बीरबल, हर माँ-बाप के लिए अपना बच्चा खूबसूरत होता है।"

बीरबल—"मेरे कहने का मकसद सिर्फ इतना था कि आप दुनिया की चापलूसी में न फँसकर शहजादे को अच्छी तालीम दें। मैं तो सिर्फ आपका भला चाहता हूँ।"

अकबर—"बीरबल, तुमने एक बार फिर यह साबित कर दिया कि तुम हमारे सच्चे दोस्त हो। तुमने बिना डरे हमें इस बात को समझाया। बहुत खूब बीरबल! बहुत खूब!"

बीरबल—"शुक्रिया जहाँपनाह!" □

मासूम सजा

एक दिन बादशाह अकबर ने दरबार में आते ही दरबारियों से पूछा, "किसी ने आज मेरी मूँछें नोचने की जुर्रत की, उसे क्या सजा दी जानी चाहिए?"

दरबारियों में से किसी ने कहा, उसे सूली पर लटका देना चाहिए, किसी ने कहा, उसे फाँसी दे देनी चाहिए। किसी ने कहा, उसकी गरदन धड़ से तत्काल उड़ा देनी चाहिए।

बादशाह नाराज हुए। अंत में उन्होंने बीरबल से पूछा, "बीरबल, तुमने कोई राय नहीं दी?"

"जहाँपनाह, खता माफ हो। उस गुनहगार को तो सजा के बजाय उपहार देना चाहिए।" बीरबल ने जवाब दिया।

बादशाह हौले से मुसकराए और बोले, "क्या मतलब?"

"जहाँपनाह, जो व्यक्ति आपकी मूँछें नोचने की जुर्रत कर सकता है, वह आपके शहजादे के सिवा कोई और हो ही नहीं सकता, जो आपकी गोद में खेलता है। गोद में खेलते-खेलते उसने आज आपकी मूँछें नोच ली होंगी। उस मासूम को उसकी इस जुर्रत के बदले मिठाई खाने की मासूम सजा दी जानी चाहिए।" बीरबल ने खुलासा किया।

बादशाह ने ठहाका लगाया और दरबारी बगलें झाँकने लगे।

□

तीन गधों का बोझ

बादशाह और उसके दो पुत्रों को नदी में नहाने का शौक था। बीरबल भी कभी-कभी उनके साथ नदी पर जाता था, पर कभी नदी में नहाता नहीं था। बादशाह और उसके दो पुत्र एक दिन बीरबल के साथ नदी में जाकर नहाने लगे। बीरबल नदी के किनारे जाकर बैठ गया और बादशाह और उनके पुत्रों के वस्त्रों की रखवाली करने लगा। बीरबल ने उनके वस्त्र अपने कंधों पर टाँग लिये। बादशाह को बीरबल को हमेशा से छेड़ते रहने की आदत थी। नदी में खड़े-खड़े बादशाह सलामत ने बीरबल को छेड़ा और कहा कि ऐसा लगता है कि तुम्हारे कंधों पर एक गधे का बोझ लदा है।

बीरबल भला कब चुप रहनेवाले थे, तुंरत बोले, "हुजूर! एक नहीं, दो नहीं, तीन गधों का।"

बादशाह यह सुनकर फौरन चुप्पी साध गए, क्योंकि तीनों के वस्त्र बीरबल ने अपने कंधों पर लटका रखे थे।

□

राखपत और रखापत

एक बार दिल्ली दरबार में बैठे हुए बादशाह अकबर ने अपने नवरत्नों से पूछा, "भई, यह बताओ कि सबसे बड़ा पत यानी शहर कौन सा है?" पहले नवरत्न ने कहा, "सोनीपत।" दूसरा नवरत्न, "हुजूर, पानीपत सबसे बड़ा पत है।" तीसरे नवरत्न ने लंबी हाँकी, "नहीं जनाब, दलपत से बड़ा पत और कोई दूसरा नहीं है।"

चौथे नवरत्न ने अपना राग अलापा, "सबसे बड़ा पत तो दिल्लीपत यानी दिल्ली शहर है। बीरबल चुपचाप बैठे हुए सारी बातें सुन रहे थे। अकबर ने बीरबल से कहा, "तुम भी कुछ बोलो।" बीरबल ने कहा, "सबसे बड़ा पत है 'राखपत' और दूसरा बड़ा पत हैं 'रखापत'।" अकबर ने पूछा, "बीरबल, हमने सोनीपत, पानीपत दलपत और दिल्लीपत सब पत सुन रखे हैं, पर राखपत, रखापत किस शहर के नाम हैं?"

बीरबल बोले, "हुजूर, राखपत का मतलब है मैं आपकी बात रखूँ और रखापत का मतलब है आप मेरी बात रखो। यह मेलजोल और प्रेमभाव जिस पत में नहीं है, उस पत का क्या मतलब है। प्रेमभाव है तो जंगल में भी मंगल है नहीं तो नगर भी नरक का द्वार है।"

अकबर बीरबल की बातों को सुनकर बहुत खुश हुए और उन्हें कई इनामों से नवाजा।

□

पानवाले को चूना

एक बार बादशाह अकबर को पान खाने की तलब हुई। उन्होंने अपने एक खास पानवाले को पान लगाने के लिए कहा। उसने पान बनाकर बादशाह को दे दिया। बादशाह ने चुपचाप पान खाया और उस पानवाले को अगले दिन आधा किलो चूना दरबार में लेकर आने को कहा। वह नहीं जानता था कि बादशाह ने उसे ऐसा क्यों कहा?

वह चुपचाप चूना लेने बाजार चला गया। उसने दुकानदार से आधा किलो चूना माँगा। दुकानदार ने उससे पूछा कि इतना चूना क्यों खरीद रहे हो? उसने बताया कि किस तरह उसने बादशाह को पान दिया था। दुकानदार को समझते देर न लगी कि कुछ गड़बड़ है। उसने पानवाले को समझाया कि दरबार में चूना लेकर जाने से पहले बहुत सारा घी पीकर जाना। उसने सलाह मानकर वैसा ही किया और दरबार में जाने से पहले खूब सारा घी पी लिया।

दरबार में पहुँचने पर बादशाह ने उसे सारा चूना खाने को कहा। वह हैरान रह गया। उसे उम्मीद न थी कि बादशाह ने उससे चूना इसलिए मँगवाया था। लेकिन वह तो इसके लिए तैयार था। इसलिए उसने सारा चूना खा लिया। इसके बावजूद उसे कुछ नहीं हुआ तो बादशाह ने उससे कारण जानना चाहा। उसने अपनी और दुकानदार की बातचीत के बारे में बादशाह को बता दिया। अब बादशाह उस व्यक्ति से मिलने को उतावले हो रहे थे, जिसने उनके मन की बात को पहले ही जान लिया था।

बादशाह ने हुक्म दिया कि उस दुकानदार को अगले दिन दरबार में हाजिर

किया जाए। अगले दिन उस दुकानदार को दरबार में लाया गया। बादशाह ने उससे पूछा कि वह उनके मन की बात को कैसे समझ गया। तब दुकानदार ने कहा, "हुजूर, जब यह आदमी मेरे पास चूना खरीदने आया था तो मैंने इससे पूछा कि इतने चूने का क्या करोगे? मुझे इसने बताया कि इसने आपको पान बनाकर खिलाया और फिर आपने उसे चूना लाने का हुक्म दिया। तब मुझे समझते देर नहीं लगी कि जरूर गलती से इसने पान में चूना थोड़ा ज्यादा लगा दिया होगा, जिससे बादशाह के मुँह में छाले हो गए होंगे और इसी का अहसास करवाने के लिए आपने इससे चूना मँगाया। मैंने इसे सलाह दी कि दरबार में जाने से पहले घी पीकर जाना, जिससे अगर तुम्हें चूना खाना भी पड़े तो उसका असर कम हो जाएगा। यह दुकानदार और कोई नहीं, बीरबल ही थे।"

□

मूर्खों की फेहरिस्त

बादशाह अकबर घुड़सवारी के इतने शौकीन थे कि पसंद आने पर घोड़े का मुँहमाँगा दाम देने को तैयार रहते थे। दूर-दराज के मुल्कों, जैसे अरब, पर्शिया आदि से घोड़ों के विक्रेता मजबूत व आकर्षक घोड़े लेकर दरबार में आया करते थे। बादशाह अपने व्यक्तिगत इस्तेमाल के लिए चुने गए घोड़े की अच्छी कीमत दिया करते थे। जो घोड़े बादशाह की रुचि के नहीं होते थे, उन्हें सेना के लिए खरीद लिया जाता था।

अकबर के दरबार में घोड़े के विक्रेताओं का अच्छा व्यापार होता था।

एक दिन घोड़ों का एक नया विक्रेता दरबार में आया। अन्य व्यापारी भी उसे नहीं जानते थे। उसने दो बेहद आकर्षक घोड़े बादशाह को बेचे और कहा कि वह ठीक ऐसे ही सौ घोड़े और लाकर दे सकता है, बशर्ते उसे आधी कीमत पेशगी दे दी जाए।

बादशाह को चूँकि घोड़े बहुत पसंद आए थे, सो वैसे ही सौ और घोड़े लेने का तुरंत मन बना लिया।

बादशाह ने अपने खजांची को बुलाकर व्यापारी को आधी रकम अदा करने को कहा। खजांची उस व्यापारी को लेकर खजाने की ओर चल दिया। लेकिन किसी को भी यह उचित नहीं लगा कि बादशाह ने एक अनजान व्यापारी को इतनी बड़ी रकम बतौर पेशगी दे दी। लेकिन विरोध जताने की हिम्मत किसी के पास नहीं थी।

सभी चाहते थे कि बीरबल यह मामला उठाए।

बीरबल भी इस सौदे से खुश न था। वह बोला, "हुजूर! कल मुझे आपने शहर भर के मूर्खों की सूची बनाने को कहा था। मुझे खेद है कि उस सूची में आपका नाम सबसे ऊपर है।"

बादशाह अकबर का चेहरा मारे गुस्से के सुर्ख हो गया। उन्हें लगा कि बीरबल ने भरे दरबार में विदेशी मेहमानों के सामने उनका अपमान किया है।

गुस्से से भरे बादशाह चिल्लाए, "तुम्हारी हिम्मत कैसे हुई हमें मूर्ख बताने की?"

"क्षमा करें बादशाह सलामत!" बीरबल अपना सिर झुकाते हुए सम्मानित लहजे में बोला, "आप चाहें तो मेरा सिर कलम करवा दें, यदि आपके कहने पर तैयार की गई मूर्खों की फेहरिस्त में आपका नाम सबसे ऊपर रखना आपको गलत लगे।"

दरबार में ऐसा सन्नाटा छा गया कि सूई गिरे तो आवाज सुनाई दे जाए।

अब बादशाह अकबर अपना सीधा हाथ उठाए तर्जनी को बीरबल की ओर ताने आगे बढ़े। दरबार में मौजूद सभी लोगों की साँस जैसे थम-सी गई थी। उत्सुकता व उत्तेजना सभी के चेहरों पर नृत्य कर रही थी। उन्हें लगा कि बादशाह सलामत बीरबल का सिर धड़ से अलग कर देंगे। इससे पहले किसी की इतनी हिम्मत नहीं हुई थी कि बादशाह को मूर्ख कहे।

लेकिन बादशाह ने अपना हाथ बीरबल के कंधे पर रख दिया। वह कारण जानना चाहते थे। बीरबल समझ गया कि बादशाह क्या चाहते हैं। वह बोला, "आपने घोड़ों के ऐसे व्यापारी को बिना सोचे-समझे एक मोटी रकम पेशगी दे दी, जिसका अता-पता भी कोई नहीं जानता। वह आपको धोखा भी दे सकता है। इसलिए मूर्खों की सूची में आपका नाम सबसे ऊपर है। हो सकता है कि अब वह व्यापारी वापस ही न लौटे। वह किसी अन्य देश में जाकर बस जाएगा और आपको ढूँढ़े नहीं मिलेगा। किसी से कोई भी सौदा करने के पूर्व उसके बारे में जानकारी तो होनी ही चाहिए। उस व्यापारी ने आपको मात्र दो घोड़े बेचे और आप इतने मोहित हो गए कि मोटी रकम बिना उसको जाने-पहचाने ही दे दी। यही कारण है बस।"

"तुरंत खजाने में जाओ और रकम की अदायगी रुकवा दो।" अकबर ने तुरंत अपने एक सेवक को दौड़ाया।

बीरबल बोला, "अब आपका नाम उस सूची में नहीं रहेगा।"

बादशाह अकबर कुछ क्षण तो बीरबल को घूरते रहे, फिर अपनी दृष्टि दरबारियों पर केंद्रित कर ठहाका लगाकर हँस पड़े। सभी लोगों ने राहत की साँस ली कि बादशाह को अपनी गलती का अहसास हो गया था। हँसी में दरबारियों ने भी साथ दिया और बीरबल की चतुराई की एक स्वर से प्रशंसा की।

□

लहरें गिनना

एक दिन बादशाह अकबर के दरबार में एक व्यक्ति नौकरी माँगने के लिए अर्जी लेकर आया। उससे कुछ देर बातचीत करने के बाद बादशाह ने उसे चुंगी अधिकारी बना दिया।

बीरबल, जो पास ही बैठा था, यह सब देख रहा था। उस आदमी के जाने के बाद वह बोला, "यह आदमी जरूरत से ज्यादा चालाक जान पड़ता है। बेईमानी किए बिना नहीं रहेगा।"

थोड़े ही समय के बाद बादशाह अकबर के पास उस आदमी की शिकायतें आने लगीं कि वह प्रजा को काफी परेशान करता है तथा रिश्वत लेता है। बादशाह अकबर ने उस आदमी का तबादला एक ऐसी जगह करने की सोची, जहाँ उसे किसी भी प्रकार की बेईमानी का मौका न मिले। उन्होंने उसे घुड़साल का मुंशी मुकर्रर कर दिया। उसका काम था घोड़ों की लीद उठवाना।

मुंशीजी ने वहाँ भी रिश्वत लेना आरंभ कर दिया। मुंशीजी साईसों से कहने लगे कि तुम घोड़ों को दाना कम खिलाते हो, इसलिए मुझे लीद तौलने के लिए भेजा गया है। यदि तुम्हारी लीद तौल में कम बैठी तो बादशाह अकबर से शिकायत कर दूँगा। इस प्रकार मुंशीजी प्रत्येक घोड़े के हिसाब से एक रुपया लेने लगे।

बादशाह अकबर को जब इस बात का पता चला तो उन्होंने मुंशीजी को यमुना की लहरें गिनने का काम दे दिया। वहाँ कोई रिश्वत व बेईमानी का मौका ही नहीं था।

लेकिन मुंशीजी ने वहाँ भी अपनी अक्ल के घोड़े दौड़ा दिए। उन्होंने नावों को रोकना आरंभ कर दिया कि नाव रोको, हम लहरें गिन रहे हैं। अत: नावों को दो-तीन दिन रुकना पड़ता था। नाववाले बेचारे तंग आ गए। उन्होंने मुंशीजी को दस रुपए देना आरंभ कर दिया।

बादशाह अकबर को जब इस बात का पता लगा तो उन्होंने लिखकर आज्ञा दी, "नावों को रोको मत, जाने दो!"

उस मुंशी ने उस लिखित में थोड़ा सुधारकर टँगवा दिया, "नावों को रोको, मत जाने दो!" और वसूली करने लगा।

अंतत: बादशाह को उस मुंशी को सार्वजनिक सेवा से बाहर करना ही पड़ा।

□

बीरबल कहाँ मिलेगा

एक दिन बीरबल बाग में टहलते हुए सुबह की ताजा हवा का आनंद ले रहा था कि अचानक एक आदमी उसके पास आकर बोला, "क्या तुम मुझे बता सकते हो कि बीरबल कहाँ मिलेगा?"

"बाग में।" बीरबल बोला।

वह आदमी थोड़ा सकपकाया, लेकिन फिर सँभलकर बोला, "वह कहाँ रहता है?"

"अपने घर में।" बीरबल ने उत्तर दिया।

हैरान-परेशान आदमी ने फिर पूछा, "तुम मुझे उसका पूरा पता-ठिकाना क्यों नहीं बता देते?"

"क्योंकि तुमने पूछा ही नहीं।" बीरबल ने ऊँचे स्वर में कहा।

"क्या तुम नहीं जानते कि मैं क्या पूछना चाहता हूँ?" उस आदमी ने फिर सवाल किया।

"नहीं।" बीरबल का जवाब था।

वह आदमी कुछ देर के लिए चुप हो गया, बीरबल का टहलना जारी था। उस आदमी ने सोचा कि मुझे इससे यह पूछना चाहिए कि क्या तुम बीरबल को जानते हो? वह फिर बीरबल के पास जा पहुँचा, बोला, "बस, मुझे केवल इतना बता दो कि क्या तुम बीरबल को जानते हो?"

"हाँ, मैं जानता हूँ।" जवाब मिला।

"तुम्हारा क्या नाम है?" आदमी ने पूछा।

"बीरबल।" बीरबल ने उत्तर दिया।

अब वह आदमी भौचक्का रह गया। वह बीरबल से इतनी देर से बीरबल का पता पूछ रहा था और बीरबल था कि बताने को तैयार नहीं हुआ कि वही बीरबल है। उसके लिए यह बेहद आश्चर्य की बात थी।

"तुम भी क्या आदमी हो···" कहता हुआ वह कुछ नाराज-सा लग रहा था, "मैं तुमसे तुम्हारे ही बारे में पूछ रहा था और तुम न जाने क्या-क्या ऊटपटाँग बता रहे थे। बताओ, तुमने ऐसा क्यों किया?"

"मैंने तुम्हारे सवालों का सीधा-सीधा जवाब दिया था, बस!"

अंततः वह आदमी भी बीरबल की बुद्धि की तीक्ष्णता देख मुसकराए बिना न रह सका।

□

किसकी नेमत

बादशाह अकबर प्रायः भेस बदलकर सैर के लिए निकला करते थे। एक दिन वे बीरबल के साथ भेस बदलकर शहर से बाहर एक गाँव में पहुँचे। वहाँ बादशाह ने देखा कि एक कुत्ता रोटी के टुकड़े को, जो कई दिनों की हो जाने की वजह से सूखकर काली पड़ गई थी, चबा-चबाकर खा रहा था। अचानक बादशाह को दिल्लगी करने की सूझी। वह बोले, "बीरबल! देखा, वह कुत्ता काली को खा रहा है।"

'काली' बीरबल की माँ का नाम था। वह समझ गए कि आलमपनाह दिल्लगी कर रहे हैं। किंतु इस भावना को दबाकर वे तुरंत बोले, "आलमपनाह, उनके लिए वही जिंदगी और नेमत हैं।"

नेमत बादशाह की माँ का नाम था। बीरबल के जवाब को सुनकर बादशाह को चुप हो जाना पड़ा।

□

ईश्वर अच्छा ही करता है

बीरबल एक ईमानदार तथा धर्मप्रिय व्यक्ति था। वह प्रतिदिन ईश्वर की आराधना बिना-नागा किया करता था। इससे उसे नैतिक व मानसिक बल प्राप्त होता था। वह अकसर कहा करता था कि "ईश्वर जो कुछ भी करता है मनुष्य के भले के लिए ही करता है, कभी-कभी हमें ऐसा लगता है कि ईश्वर हम पर कृपादृष्टि नहीं रखता, लेकिन ऐसा होता नहीं। कभी-कभी तो उसके वरदान को भी लोग शाप समझने की भूल कर बैठते हैं। वह हमको थोड़ी पीड़ा इसलिए देता है, ताकि बड़ी पीड़ा से बच सकें।"

एक दरबारी को बीरबल की ऐसी बातें पसंद नहीं आती थीं। एक दिन वही दरबारी दरबार में बीरबल को संबोधित करते हुए बोला, "देखो, ईश्वर ने मेरे साथ क्या किया। कल शाम को जब मैं जानवरों के लिए चारा काट रहा था तो अचानक मेरी छोटी उँगली कट गई। क्या अब भी तुम यही कहोगे कि ईश्वर ने मेरे लिए यह अच्छा किया है?"

कुछ देर चुप रहने के बाद बीरबल बोला, "मेरा अब भी यही विश्वास है, क्योंकि ईश्वर जो कुछ भी करता है, मनुष्य के भले के लिए ही करता है।"

सुनकर वह दरबारी नाराज हो गया कि मेरी तो उँगली कट गई और बीरबल को इसमें भी अच्छाई नजर आ रही है। मेरी पीड़ा तो जैसे कुछ भी नहीं। कुछ अन्य दरबारियों ने भी उसके सुर-में-सुर मिलाया।

तभी बीच में हस्तक्षेप करते हुए बादशाह अकबर बोले, "बीरबल, हम भी अल्लाह पर भरोसा रखते हैं, लेकिन यहाँ तुम्हारी बात से सहमत नहीं। इस दरबारी के मामले में ऐसी कोई बात नहीं दिखाई देती, जिसके लिए उसकी तारीफ की जाए।"

बीरबल मुसकराता हुआ बोला, "ठीक है जहाँपनाह, समय ही बताएगा अब।"

तीन महीने बीत चुके थे। वह दरबारी, जिसकी उँगली कट गई थी, घने जंगल में शिकार खेलने निकला हुआ था। एक हिरन का पीछा करते हुए वह भटककर आदिवासियों के हाथों में जा पड़ा। वे आदिवासी अपने देवता को प्रसन्न करने के लिए मानव बलि में विश्वास रखते थे। अत: वे उस दरबारी को पकड़कर मंदिर में ले गए, बलि चढ़ाने के लिए। लेकिन जब पुजारी ने उसके शरीर का निरीक्षण किया तो हाथ की एक उँगली कम पाई।

"नहीं, इस आदमी की बलि नहीं दी जा सकती।" मंदिर का पुजारी बोला, "यदि नौ उँगलियोंवाले इस आदमी को बलि चढ़ा दिया गया तो हमारे देवता बजाय प्रसन्न होने के क्रोधित हो जाएँगे, अधूरी बलि उन्हें पसंद नहीं। हमें महामारियों, बाढ़ या सूखे का प्रकोप झेलना पड़ सकता है। इसलिए इसे छोड़ देना ही ठीक होगा।"

और उस दरबारी को मुक्त कर दिया गया।

अगले दिन वह दरबारी दरबार में बीरबल के पास आकर रोने लगा।

तभी बादशाह भी दरबार में आ पहुँचे और उस दरबारी को बीरबल के सामने रोता देखकर हैरान रह गए।

"तुम्हें क्या हुआ, रो क्यों रहे हो?" अकबर ने सवाल किया।

जवाब में उस दरबारी ने अपनी आपबीती विस्तार से कह सुनाई। वह बोला, "अब मुझे विश्वास हो गया है कि ईश्वर जो कुछ भी करता है, मनुष्य के भले के लिए ही करता है। यदि मेरी उँगली न कटी होती तो निश्चित ही आदिवासी मेरी बलि चढ़ा देते। इसीलिए मैं रो रहा हूँ, लेकिन ये आँसू खुशी के हैं। मैं खुश हूँ, क्योंकि मैं जिंदा हूँ। बीरबल के ईश्वर पर विश्वास को संदेह की दृष्टि से देखना मेरी भूल थी।"

अकबर ने मंद-मंद मुसकराते हुए दरबारियों की ओर देखा, जो सिर झुकाए चुपचाप खड़े थे। अकबर को गर्व महसूस हो रहा था कि बीरबल जैसा बुद्धिमान उसके दरबारियों में से एक है।

□

ऊँट की गरदन

अकबर बीरबल की हाजिरजवाबी के बड़े कायल थे। एक दिन दरबार में खुश होकर उन्होंने बीरबल को कुछ पुरस्कार देने की घोषणा की। लेकिन बहुत दिन गुजरने के बाद भी बीरबल को पुरस्कार की प्राप्ति नहीं हुई। बीरबल बड़ी ही उलझन में थे कि महाराज को याद दिलाएँ तो कैसे?

एक दिन महाराजा अकबर यमुना नदी के किनारे शाम की सैर पर निकले। बीरबल उनके साथ था। अकबर ने वहाँ एक ऊँट को घूमते देखा। अकबर ने बीरबल से पूछा, "बीरबल! बताओ, ऊँट की गरदन मुड़ी क्यों होती है?"

बीरबल ने सोचा, महाराज को उनका वादा याद दिलाने का यह सही समय है। उन्होंने जवाब दिया, "महाराज, यह ऊँट किसी से वादा करके भूल गया है, जिसके कारण ऊँट की गरदन मुड़ गई है। महाराज, कहते हैं कि जो भी अपना वादा भूल जाता है तो भगवान् उनकी गरदन ऊँट की तरह मोड़ देता है। यह एक तरह की सजा है।"

तभी अकबर को ध्यान आता है कि वो भी तो बीरबल से किया अपना एक वादा भूल गए हैं। उन्होंने बीरबल से जल्दी से महल में चलने के लिए कहा और महल में पहुँचते ही सबसे पहले बीरबल को पुरस्कार की धनराशि उसे सौंप दी, और बोले मेरी गरदन तो ऊँट की तरह नहीं मुड़ेगी बीरबल! और यह कहकर अकबर अपनी हँसी नहीं रोक पाए।

और इस तरह बीरबल ने अपनी चतुराई से बिना माँगे अपना पुरस्कार राजा से प्राप्त किया।

□

बादशाह का सपना

एक रात सोते समय बादशाह अकबर ने यह अजीब सपना देखा कि केवल एक छोड़कर उनके बाकी सभी दाँत गिर गए हैं।

फिर अगले दिन उन्होंने देश भर के विख्यात ज्योतिषियों व नुजूमियों को बुला भेजा और और उन्हें अपने सपने के बारे में बताकर उसका मतलब जानना चाहा।

सभी ने आपस में विचार-विमर्श किया और एक मत होकर बादशाह से कहा, "जहाँपनाह, इसका अर्थ यह है कि आपके सारे नाते-रिश्तेदार आपसे पहले ही मर जाएँगे।"

यह सुनकर अकबर को बेहद क्रोध हो आया और उन्होंने सभी ज्योतिषियों को दरबार से चले जाने को कहा। उनके जाने के बाद बादशाह ने बीरबल से अपने सपने का मतलब बताने को कहा।

कुछ देर तक तो बीरबल सोच में डूबा रहा, फिर बोला, "हुजूर, आपके सपने का मतलब तो बहुत ही शुभ है। इसका अर्थ है कि अपने नाते-रिश्तेदारों के बीच आप ही सबसे अधिक समय तक जीवित रहेंगे।"

बीरबल की बात सुनकर बादशाह बेहद प्रसन्न हुए। बीरबल ने भी वही कहा था, जो ज्योतिषियों ने, लेकिन कहने में अंतर था। बादशाह ने बीरबल को इनाम देकर विदा किया।

□

पहेलियाँ

बादशाह अकबर को पहेली सुनाने और सुनने का काफी शौक था। कहने का मतलब यह कि पक्के पहेलीबाज थे। वे दूसरो से पहेली सुनते और समय-समय पर अपनी पहेली भी लोगों को सुनाया करते थे। एक दिन अकबर ने बीरबल को एक नई पहेली सुनाई, "ऊपर ढक्कन नीचे ढक्कन, मध्य-मध्य खरबूजा। मौं छुरी से काटे आपहिं, अर्थ तासु नाहिं दूजा।"

बीरबल ने ऐसी पहेली कभी नहीं सुनी थी। इसलिए वह चकरा गया। उस पहेली का अर्थ उसकी समझ में नहीं आ रहा था। अतः प्रार्थना करते हुए बादशाह से बोला, "जहाँपनाह! अगर मुझे कुछ दिनों की मोहलत दी जाए तो मैं इसका अर्थ अच्छी तरह समझकर आपको बता सकूँगा।" बादशाह ने उसका प्रस्ताव मंजूर कर लिया।

बीरबल अर्थ समझने के लिए वहाँ से चल पड़ा। वह एक गाँव में पहुँचा। एक तो गरमी के दिन, दूसरे रास्ते की थकन से परेशान व विवश होकर वह एक घर में घुस गया। घर के भीतर एक लड़की भोजन बना रही थी।

"बेटी! क्या कर रही हो?" उसने पूछा। लड़की ने उत्तर दिया, "आप देख नहीं रहे हैं। मैं बेटी को पकाती और माँ को जलाती हूँ।"

"अच्छा, दो का हाल तो तुमने बता दिया, तीसरा तेरा बापू क्या कर रहा है और कहाँ है?" बीरबल ने पूछा। वह मिट्टी में मिट्टी मिला रहे हैं।" लड़की ने जवाब दिया। इस जवाब को सुनकर बीरबल ने फिर पूछा, "तेरी माँ क्या कर रही है?"

"एक को दो कर रही है।" लड़की ने कहा।

बीरबल को लड़की से ऐसी आशा नहीं थी। परंतु वह ऐसी पंडित निकली कि उसके उत्तर से वह एकदम आश्चर्यचकित रह गया। इसी बीच उसके माता-पिता भी आ पहुँचे। बीरबल ने उनसे सारा समाचार कह सुनाया। लड़की का पिता बोला, "मेरी लड़की ने आपको ठीक उत्तर दिया है। अरहर की दाल अरहर की सूखी लकड़ी से पक रही है। मैं अपनी बिरादरी का एक मुर्दा जलाने गया था और मेरी पत्नी पड़ोस में मसूर की दाल दल रही थी।" बीरबल लड़की की पहेली-भरी बातों से बड़ा खुश हुआ। उसने सोचा, शायद यहाँ बादशाह की पहेली का भेद खुल जाए, इसलिए लड़की के पिता से उपर्युक्त पहेली का अर्थ पूछा।

यह तो बड़ी ही सरल पहेली है। इसका अर्थ मैं आपको बतलाता हूँ—धरती और आकाश दो ढक्कन हैं। उनके अंदर निवास करनेवाला मनुष्य खरबूजा है। वह उसी प्रकार मृत्यु आने पर मर जाता है, जैसे गरमी से मोम पिघल जाता है।" उस किसान ने कहा। बीरबल उसकी ऐसी बुद्धिमानी देखकर बड़ा प्रसन्न हुआ और उसे पुरस्कार देकर दिल्ली के लिए प्रस्थान किया। वहाँ पहुँचकर बीरबल ने सभी के सामने बादशाह की पहेली का अर्थ बताया। बादशाह ने प्रसन्न होकर बीरबल को ढेर सारे इनाम दिए।

□

किसकी दाढ़ी की आग

बादशाह अकबर की यह आदत थी कि वह अपने दरबारियों से तरह-तरह के प्रश्न किया करते थे। एक दिन बादशाह ने दरबारियों से प्रश्न किया, "अगर सबकी दाढ़ी में आग लग जाए, जिसमें मैं भी शामिल हूँ तो पहले आप किसकी दाढ़ी की आग बुझाएँगे?"

"हुजूर की दाढ़ी की।" सभी सभासद एक साथ बोल पड़े।

मगर बीरबल ने कहा, "हुजूर, सबसे पहले मैं अपनी दाढ़ी की आग बुझाऊँगा, फिर किसी और की दाढ़ी की ओर देखूँगा।"

बीरबल के उत्तर से बादशाह बहुत खुश हुए और बोले, "मुझे खुश करने के उद्देश्य से आप सब लोग झूठ बोल रहे थे। सच बात तो यह है कि हर आदमी पहले अपने बारे में सोचता है।"

□

जल्दी बुलाकर लाओ

बादशाह अकबर एक सुबह उठते ही अपनी दाढ़ी खुजलाते हुए बोले, "अरे, कोई है?" तुरंत एक सेवक हाजिर हुआ। उसे देखते ही बादशाह बोले, "जाओ, जल्दी बुलाकर लाओ, फौरन हाजिर करो।" सेवक की समझ में कुछ नहीं आया कि किसे बुलाकर लाए, किसे हाजिर करे? बादशाह से पटलकर सवाल करने की तो उसकी हिम्मत ही नहीं थी।

उस सेवक ने यह बात दूसरे सेवक को बताई। दूसरे ने तीसरे को और तीसरे ने चौथे को। इस तरह सभी सेवक इस बात को जान गए और सभी उलझन में पड़ गए कि किसे बुलाकर लाएँ, किसे हाजिर करें।

बीरबल सुबह घूमने निकले थे। उन्होंने बादशाह के निजी सेवकों को भाग-दौड़ करते देखा तो समझ गए कि जरूर बादशाह ने कोई अनोखा काम बता दिया होगा, जो इनकी समझ से बाहर है। उन्होंने एक सेवक को बुलाकर पूछा, "क्या बात है? यह भाग-दौड़ किसलिए हो रही है?"

सेवक ने बीरबल को सारी बात बताई, "महाराज, हमारी रक्षा करें। हम समझ नहीं पा रहे हैं कि किसे बुलाना है। अगर जल्दी बुलाकर नहीं ले गए, तो हम पर आफत आ जाएगी।"

बीरबल ने पूछा, "यह बताओ कि हुक्म देते समय बादशाह क्या कर रहे थे?" बादशाह के निजी सेवक, जिसे हुक्म मिला था, उसे बीरबल के सामने हाजिर किया तो उसने बताया, "जिस समय मुझे तलब किया, उस समय तो बिस्तर पर बैठे अपनी दाढ़ी खुजला रहे थे।"

बीरबल तुरंत सारी बात समझ गए और उनके होंठों पर मुसकान उभर आई। फिर उन्होंने उस सेवक से कहा, "तुम हज्जाम को ले आओ।"

सेवक हज्जाम को बुला लाया और उसे बादशाह के सामने हाजिर कर दिया। बादशाह सोचने लगे, "मैंने इससे यह तो बताया ही नहीं था कि किसे बुलाकर लाना है। फिर यह हज्जाम को लेकर कैसे हाजिर हो गया?" बादशाह ने सेवक से पूछा, "सच बताओ। हज्जाम को तुम अपने मन से ले आए हो या किसी ने उसे ले आने का सुझाव दिया था?"

सेवक घबरा गया, लेकिन बताए बिना भी तो छुटकारा नहीं था। बोला, "बीरबल ने सुझाव दिया था, जहाँपनाह!" बादशाह बीरबल की बुद्धि पर खुश हो गया।

छोटा बाँस, बड़ा बाँस

एक दिन अकबर व बीरबल बाग में सैर कर रहे थे। बीरबल लतीफा सुना रहा था और अकबर उसका मजा ले रहे थे। तभी अकबर को नीचे घास पर पड़ा बाँस का एक टुकड़ा दिखाई दिया। उन्हें बीरबल की परीक्षा लेने की सूझी।

बीरबल को बाँस का टुकड़ा दिखाते हुए वह बोले, "क्या तुम इस बाँस के टुकड़े को बिना काटे छोटा कर सकते हो?" बीरबल लतीफा सुनाता-सुनाता रुक गया और अकबर की आँखों में झाँका।

अकबर कुटिलता से मुसकराए, बीरबल समझ गया कि बादशाह सलामत उससे मजाक करने के मूड में हैं।

अब जैसा बेसिर-पैर का सवाल था तो जवाब भी कुछ वैसा ही होना चाहिए था।

बीरबल ने इधर-उधर देखा, एक माली हाथ में लंबा बाँस लेकर जा रहा था।

उसके पास जाकर बीरबल ने वह बाँस अपने दाएँ हाथ में ले लिया और बादशाह का दिया छोटा बाँस का टुकड़ा बाएँ हाथ में।

बीरबल बोला, "हुजूर, अब देखें इस टुकड़े को, हो गया न बिना काटे ही छोटा।"

बड़े बाँस के सामने वह टुकड़ा छोटा तो दिखना ही था।

निरुत्तर बादशाह अकबर मुसकरा उठे बीरबल की चतुराई देखकर।

□

जितनी लंबी चादर उतने पैर पसारो

बादशाह अकबर के दरबारियों को अकसर यह शिकायत रहती थी कि बादशाह हमेशा बीरबल को ही बुद्धिमान बताते हैं, औरों को नहीं।

एक दिन बादशाह ने अपने सभी दरबारियों को दरबार में बुलाया और दो हाथ लंबी दो हाथ चौड़ी चादर देते हुए कहा, "इस चादर से तुम लोग मुझे सिर से लेकर पैर तक ढक दो तो मैं तुम्हें बुद्धिमान मान लूँगा।"

सभी दरबारियों ने कोशिश की, किंतु उस चादर से बादशाह को पूरा न ढक सके, सिर छिपाते तो पैर निकल आते, पैर छिपाते तो सिर चादर से बाहर आ जाता। आड़ा-तिरछा, लंबा-चौड़ा हर तरह से सभी ने कोशिश की, किंतु सफल न हो सके।

अब बादशाह ने बीरबल को बुलाया और वही चादर देते हुए उन्हें ढकने को कहा। जब बादशाह लेटे तो बीरबल ने बादशाह के फैले हुए पैरों को सिकोड़ लेने को कहा। बादशाह ने पैर सिकोड़े और बीरबल ने सिर से पाँव तक चादर से ढक दिया। अन्य दरबारी आश्चर्य से बीरबल की ओर देख रहे थे। तब बीरबल ने कहा, "जितनी लंबी चादर उतने ही पैर पसारो।

□

अब तो आन पड़ी है

बादशाह अकबर को मजाक करने की आदत थी। एक दिन उन्होंने नगर के सेठों से कहा, "आज से तुम लोगों को पहरेदारी करनी पड़ेगी।"

सुनकर सेठ घबरा गए और बीरबल के पास पहुँचकर अपनी फरियाद रखी।

बीरबल ने उन्हें हिम्मत बँधाई, "तुम सब अपनी पगड़ियों को पैर में और पायजामों को सिर पर लपेटकर रात्रि के समय में नगर में चिल्ला-चिल्लाकर कहते फिरो, अब तो आन पड़ी है।"

उधर बादशाह भी भेस बदलकर नगर में गश्त लगाने निकले। सेठों का यह निराला स्वाँग देखकर बादशाह पहले तो हँसे, फिर बोले, "यह सब क्या है?"

सेठों के मुखिया ने कहा, "जहाँपनाह, हम सेठ जन्म से गुड़ और तेल बेचने का काम सीखकर आए हैं, भला पहरेदारी क्या कर पाएँगे, अगर इतना ही जानते होते तो लोग हमें बनिया कहकर क्यों पुकारते?"

बादशाह अकबर बीरबल की चाल समझ गए और अपना हुक्म वापस ले लिया।

□□□